Virtual Karma
di Claudia Ronchetti

Virtual Karma
© 2016 Riccardo Condò Editore
ISBN 9788897028321
Stampato da CreateSpace (USA) su licenza di
Riccardo Condò Editore
Prima edizione
www.riccardocondoeditore.it
Immagine di copertina
Ipersegno è un marchio editoriale di Riccardo Condò Editore,
Popoli (Pe) - Italia

Claudia Ronchetti

VIRTUAL KARMA

IPERSEGNO
Riccardo Condò Editore

"We know Major Tom's
a junkie
Strung out in heaven's hight
Hitting an all-time low."
(Ashes to Ashes - David Bowie)

Dichiaro ogni riferimento a persone o fatti realmente esistenti del tutto casuale.

Dichiaro inoltre, qualora qualcuno dovesse leggere di sé tra gli spazi delle mie parole, completamente in errore, poiché fatti, parole e persone sono nati, vissuti e morti solamente nel mio immaginario.

Claudia Ronchetti

Déjà Vu

Una sera

Campi d'orzo e distese di grano, folate di luci sul disegno di ombre.

Giochi d'aria scuotevano il morbido assetto della campagna.

Spighe appena piegate da correnti impercettibili ai sensi, muovevano solo le spighe nel campo, eppure la pelle non sentiva neppure una carezza.

Qua e là un piccolo gorgo si rivelava nella pallida onda dell'orzo.

E ancora.

La fragranza del pane accendeva di vita il campo vicino, le spighe più forti colorate dall'intensità della luce fin oltre misura.

Lungo un fosso l'erba arida di una sera d'estate.

Un ordine insolito dominava le cose, regolato da ritmi di sole e di lune, sfuggiva al pensiero razionale.

E la strada proseguiva a velocità moderata; la strada camminava fra i campi trasportando la vita senza strappi e frenate. Scorreva sopra rulli nascosti mentre l'auto scivolava sull'asfalto, sfiorandolo appena.

Una donna sedeva al volante, tranquilla. Sembrava godesse di un'insolita pace.

Stato d'animo nuovo mentre il sole si spegne e la luna si accende - luce bianca di neon.

Si sentiva risucchiata da una forza che avrebbe potuto chiamare destino. Calamita potente; prospettiva allettante di seduzione e turbamenti. Piroette veloci di un caleidoscopio emotivo che dal grigio sprigiona colori.

La brezza non aumentava, la luce non accennava a calare. Il sole era sempre alle spalle. Basso.

La donna al volante abbassò il finestrino preferendo l'invadenza del vento all'uniformità del condizionamento. Dapprima entrò una folata calda e poi la sera si fuse temperata al refrigerio dell'abitacolo. Il corpo rispondeva positivamente agli stimoli piacevoli che giungevano dall'esterno.

"Dove sei?" sentì la sua stessa voce che chiedeva "Dove sei?"

"Chi.. .o che cosa?" le venne spontaneo interrogarsi.

Prelevata dal vento, sequestrata dall'onda di spighe, intontita dal sole. Tra il miele d'acacia anemico nettare e quello più intenso d'amaro castagno, tra le spighe più deboli e schive e la forza contadina del grano, la sua mente aprì un inedito varco. Machete nelle mani di una donna, si aprì un varco e gli arbusti pungevano i polpacci, mentre il cervello solleticava l'immaginazione.

Mentre fumava tranquilla tentò di capire quale fosse l'oggetto cercato.

"Dove sei?"

Lei sapeva dove andare: luogo - ora - compagnia.

Accese l'autoradio.

Musica più il profumo dell'estate sommato all'odore di gasolio.

Un trattore si faceva da parte per agevolarle il sorpasso.

La domanda tornò prepotente.

"Dove sei… dove sei... dove sei?"

Ritmica, insistente.

"Dove sei... dove sei? Dove sei? Dove sei? DOVE?"

Si fondeva con la musica improvvisando una danza nel cervello.

Spense l'autoradio e fermò l'auto. Una piazzola d'erba bruciata a lato di una curva. Guardò il cielo. Qualche decina di metri in altitudine la divideva dalla pianura e qualche KM in linea d'aria dal fiume che la percorreva, letto ampio e lenta discesa al mare.

Attese tranquilla di nutrirsi del paesaggio e di bere dal cielo stanco l'umidità della sera. La brezza muoveva le foglie, ma i rami erano fermi. Aspettando i rinforzi notturni.

Toccava a lei fare un passo decisivo e una risposta le sarebbe andata incontro, lungo il sentiero fra le spighe appena accennato, incerto.

Intanto guardava la linea netta dell'orizzonte e sorrideva nell'immaginare che un disco volante avrebbe potuto atterrare su quella pianura che le lambiva i piedi, stagnante. Lieve come un soffio di Dio, rombante come quello che un tempo veniva chiamato futuro.

Un contadino nel frattempo risaliva il breve pendio. Le parve insolito.

Un badile sulla spalla e un volto caprino, disegnato con tratto evidente. Ruvidezza di uomo medioevale. Gli indumenti moderni stridevano con le rughe profonde che gli ferivano il viso agganciandolo all'oggi con un atto di forza.

"Sta ammirando il tramonto?" le chiese con compita gentilezza.

Confermò e mentre quello si allontanava ne notò le calzature. Due pelli avvolte ai piedi, tenute assieme da numerosi passaggi di spago. Ricordava il corpo di un vecchio cow-boy con ai piedi l'anima antica di un pastore ciociaro. Legata stretta perché non scappasse lontano.

Il crepuscolo tremava incerto sulla campagna.

Alzò gli occhi smarrita

"Dove sei?" le chiese la luna rivelandosi pallida, ma colpendola con forza virile grazie a un fascio di luce diretta. Riflettore improvviso, impietoso, di quelli che spengono un volto e lo fanno somigliare a una foto.

"Tu a me lo domandi?"

…Sono ore che mi pongo lo stesso quesito…

"Dove sei?"

…Sai darmi tu la risposta… taceva…

"Non dirmi che era te che cercavo!" sobbalzò la sua voce.

Era pallida in cielo senza un moto o una nube che la oscurasse per almeno un momento. Né tremula e neppure incerta.

"Non puoi essere tu, non ne vedo il motivo" alla fine si risolse a salire sull'auto. La strada era deserta, l'ultimo essere umano che aveva incontrato era stato quel contadino senza tempo.

Spense l'autoradio, allungò un braccio verso il sedile posteriore e recuperò un vecchio *walk-man*.

Voleva la musica che le attraversasse il cervello. Era serata da sballo. Cercava emozioni ricordi un attimo perso, una vita? Infilò le cuffie e attese lasciandosi invadere dalla musica perdendo se stessa a vantaggio di onde sonore.

Fu allora che una presa decisa alla spalla destra la fermò.

"Dove sei?!" urlò il suo pensiero.

"Non temere e non voltarti. Qualche volta mi hai incontrato, ma non mi riconosceresti se mi vedessi ora. Mi hai incontrato rinnegato, ma anche amato. Mi cerchi sempre e se non mi trovi è solo perché non vuoi ammetterlo. Non vuoi accettare l'idea che esisto e ti manco. Ma non sai chi sono. Non lo sapresti dire. Che faccio ho? Che senso ho...? Io invece posso trovarti. Ogni volta che mi va. Quando voglio, quando meno te l'aspetti..."

La donna non si voltò ,immobilizzata dalla paura.

La mano che pensava maschile le premeva la spalla.

"Non accendere! Aspetta che io salga sul sedile posteriore. Non fare mosse inconsulte, potresti precipitare giù dal pendio e basta poco, lo sai... Potresti romperti il collo" La donna sudava

"Non è una minaccia, ma mi sembri imprudente. Dovresti affidarti a me. Da tempo avresti dovuto farlo!"

Un lamento le uscì dalla labbra, sembrava volesse parlare

"Taci ho detto" La zittì chi le stava alle spalle

"Lascia che sia io"continuò senza aggressività "a condurti per mano. Chiunque io sia, eri me che cercavi!" concluse.

La percorse il brivido a lei sconosciuto della paura. Vera concreta come cinque dita su una spalla che neppure poteva guardare. Probabilmente il contadino era tornato. Per derubarla o violentarla. Forse ucciderla.

"Che ne dici se passiamo la notte insieme?"

La domanda non prevedeva un consenso e lei tacque.

"Ora potresti rilassarti, non credi?"

In quel momento sentì la ruvida barba di un uomo sul collo, istintivamente cedette e si voltò

Non stupì nel riconoscere il volto antico del contadino, ma l'ira di lui esplose violenta.

"Ti avevo avvisato" prese a urlare sicuro che nessuno li udisse

"Adesso me la paghi"

Lasciò cadere le sue mani callose sul viso della donna, colpendola ripetutamente fino a farla cadere. Si avvicinò dopo qualche attimo di stand-by e aprì una borraccia che portava al fianco

"Ora bevi. Senza storie"

La donna teneva la bocca serrata

"Ora bevi! Se ci tieni a rivedere l'alba!"

Le accostò nuovamente la borraccia alle labbra. E lei bevve. Era il primo sorso

"Ora aspettiamo. È una pozione. Me l'ha data la strega. Quella che vive appena fuori dal villaggio. Non guardarmi con quella faccia, serve a farti dimenticare di avermi incontrato. Me l'ha giurato la strega. Così non andrai a denunciarmi. La magia è vietata. Uccidono chi si rivolge alla strega, o li imprigionano. Io me ne infischio, ma ci tengo alla pelle"

"E tu dormirai... sognerai... dimenticherai"

La donna, coricata sull'erba rada e pungente della piazzola, guardava in direzione della luna. Le parve più bianca, trasparente. Si convinse in quel momento che le mentiva.

E l'inganno sfumò fino alla luce di un neon.

Non riusciva a riconoscere l'ambiente, ma avrebbe potuto essere la toilette di un locale. Una discoteca. Ricordava la musica che percorreva il cervello da destra a sinistra, da sinistra a destra.

C'era foschia ora sulla luna. Le nuvole sfatte, sottili la calpestavano nel loro cammino troppo lento. Aspettava la strega, la cercava con gli occhi, unica parte del corpo ancora dotata di movimento volontario, ma la luna non c'era, la strega non c'era.

Luce bianca trasparente. Un neon l'abbagliava, non doveva fissarlo. Una porta in legno si apriva nel mezzo di una fredda parete piastrellata di ghiaccio.

La mano della donna toccava la condensa; avrebbe potuto confonderla con la rugiada del primo mattino se non avesse avuto la luce del neon che feriva la vista.

O era la luna irreale, eccessiva. Una luna a effetto, esasperata da tanta indifferenza... al di là si apriva un locale. Buio. Solo un fascio di luce nasceva da un occhio. Non guardava ,si faceva guardare. Si espandeva. Sole che filtra da un foro fra le nubi. Si disperdeva fino a prendere forma lontano dalla fonte di luce violenta.

Si ricomponeva in immagine dapprima sfocata, poi sempre più nitida.

I° SOGNO

La sequenza

Era nata nel dopoguerra, a parecchi anni dalla fine del conflitto.

Troppi per sapere se le immagini che le scorrevano dentro in un lento replay scivoloso come l'umidità mattutina sull'erba di un prato, appartenevano al suo ciclo vitale o le aveva carpite ad un film neorealista e ingoiate come fossero state.

La realtà passa per i cinque sensi e la vista ha il riflesso concreto della vita.

Una donna partiva a un capo del ricordo, vestita da un ampio cappotto cammello, i folti capelli castani ondulati. Si appoggiava a una bici, ne faceva un bastone di sostegno per la stanchezza, che doveva essere dentro nell'anima più che nel corpo. Dopo qualche decina di metri sembrava riprendere forza. Appoggiava un piede al pedale e saltava sulla sella.

A volte succedeva che la donna aspettasse da sola alla fermata di un autobus, nella luce di un mattino di fine inverno, la borsa appesa a un braccio e lo sguardo rivolto a quel punto della strada dove il mezzo sarebbe comparso di lì a poco.

Una donna partiva a un capo del ricordo, pedalava o si sorreggeva alle sbarre dell'autobus e attendeva la fermata. Poi ancora camminava. Aveva un'aria semplice, ma non dimessa. Un alone di debole luce le tingeva le spalle, o un sole infuocato l'attendeva in fondo alla strada quando, inforcata la bicicletta, si avviava su una strada di campagna. Di campagna padana, dove l'occhio va lontano.

Aveva pensato così di seguirla. E l'aveva fatto nel momento in cui le si era presentata l'occasione. La pellicola consumata scorreva a fatica, forse l'avevano usata in troppi - vista e rivista - oppure il tempo lavora anche se nessuno l'aiuta. Il replay allora rallentava, zeppo di intoppi.

Così l'aveva vista uscire di casa al mattino verso le sei. Ogni giorno. E l'aveva seguita per le strade fra i campi e le ferrovie della bassa padana. E aveva spiato la provincia.

Parte dell'anno la trascorreva in città. Una cittadina in realtà, poco più di un paese.

Per il resto camminava su quelle strade fra raccolti di riso di grano e poi stoppie e poi zolle di terra girate, rivoltate, concimate.

La pellicola riprendeva a scorrere nella giusta velocità e permetteva alla donna sospesa tra il sogno e la realtà di riprendere la sua esistenza.

A volte la vedeva in bianco e nero, allora intorno a lei comparivano altre persone. L'autobus guadagnava un conducente, i passanti percorrevano il marciapiede e la donna si rivolgeva al controllore, quelli che una volta bucavano il biglietto per la convalida.

"Fra quante fermate, piazza San Martino?".

Ma era una scena in bianco e nero, replicava ciò che un occhio sconosciuto aveva visto dopo avergli sottratto colore e sonoro. Rimaneva l'espressione dei visi. Determinante. Unica fonte di comunicazione fra gli attori di quella pellicola e lei spettatrice.

Capitava di trovare una foto con gli stessi contrasti del replay e l'aggiunta di un alone ingiallito. La donna era ferma, con la sua bicicletta tra le mani, un fiume di mediocre portata le scorreva alle spalle. Sorrideva.

La carta fotografica risultava sgualcita. Troppe mani l'avevano toccata. Evocava la memoria di ciò che non era. Una vita inventata e un'ipotesi, questo il motivo per cui sorrideva con tristezza.

Modificava lei stessa le immagini per resuscitarle alla luce. Le restaurava. Prima sfondi uniformi, poi giocati su toni differenti e colori via-via sempre più circoscritti fino a individuare una persona: quella donna col cappotto cammello.

Ogni volta la perdeva. Tra la folla in città. Tra i cespugli che costeggiavano il sentiero. Fu qui fra salici e rovi che un mattino la scovò, acquattata come lepre impaurita, rannicchiata e tremante.

"Ci bombardano ancora?" domandò con la voce rotta dalla tensione.

"È finita la guerra anche qui. Stia tranquilla. È finita dovunque tanto tempo fa, quella guerra. Ora è finita anche qui dove io l'ho incontrata, nel replay del ricordo. Se ne convinca! Non sente che pace!"

Si alzò e riassettò il suo cappotto

"È vero, saranno già dieci anni che la guerra è finita" cercò la bici, la raccolse e si avviò a tirare avanti per la sua strada. Non aveva incontrato nessuno per quello che la riguardava.

"Non mi dice più niente? Lei chi è? Dove va? Dove siamo?... Mi aspetti!"

La donna dai capelli ondulati squadrò l'altra, sembrava incattivita.

"Piuttosto, chi è lei e da me cosa vuole? Neppure la conosco"

Non era stato un incontro piacevole. Si aspettava una dolce scoperta, un ricordo d'infanzia confuso tra i rami, mascherato da sovrapposizioni di immagini successive.

Pensava di incontrare la seduzione ancora, la seduzione delle immagini che nascono spontanee dal magma di colore e invece sulle labbra rimaneva l'amaro, come avesse rosicchiato una radice secca di genziana anche dopo aver lasciato quella strada rovente di luce e fredda, per l'aria pungente del mattino invernale.

La cercò tra la folla e ogni volta le sfuggiva, finché decise di salire sul tram prima della donna dal cappotto cammello.

Levataccia ancor prima dell'alba per trovarsi alla stazione e salire sul mezzo alla sua prima corsa. I colori della strada si mescolavano con l'asfalto della grande rimessa; tinte della cenere da cui il sole risorge ogni giorno.

I conducenti salivano ancora assonnati dopo essersi scambiati poche parole.

Era sola, seduta sul sedile freddo. Le luci per strada si stavano spegnendo quando l'altra donna salì, ripetendo gli stessi gesti che compiva nell'immagine del ricordo.

"Buongiorno" le disse, fingendo di non averla mai incontrata.

Rispose educata.

Scambiarono qualche frase di circostanza.

Le parve riservata assennata.

Quando scese non cercò di seguirla ma tornò alla sua casa e sedette ad una tavolo. Aveva deciso di appuntare ogni particolare dei loro incontri, fino a quelli che parevano più irrilevanti. Fino ad annoiare se stessa.

Scrivendo e scavando nella memoria le parve che fosse il colore a confonderla. Rendeva l'immagine sfuggente.

Il tempo concluso dev'essere ritratto in bianco e nero perché la memoria non si sovrapponga al presente. Meglio ancora se gli viene sottratto il movimento. Una foto succhia la vita e congela il sangue nelle vene. Ma la luce tenue di un'alba che si sta scongelando, il languore di un replay che lentamente assume il ritmo dell'esistenza, o la sfera del sole in campagna poco sopra il confine della vasta pianura, davano spazio al ricordo fino a farlo straripare nel presente.

Rileggeva gli appunti.

La donna era sempre la stessa.

Stessi occhi grandi e chiari. Uguali anche i capelli. Il cappotto non cambiava. Quello che non tornava erano l'aria di animale impaurito e la calma ostentata nel replay cittadino.

Non conosceva la via per fonderle nella stessa persona.

Aveva ipotizzato anche che si trattasse di gemelle, oppure di un caso di personalità doppia.

Ma le era sembrata una soluzione a effetto che calzava a un romanzo, ma per niente alla realtà che stava rincorrendo.

Avrebbe dovuto ripercorrere a lungo entrambe le strade per tentare di capire.

Inoltre iniziava a provare sentimenti ambivalenti per quella minuta figura femminile che animava le sequenze di ciò che non poteva chiamare né sogno né ricordo.

Istinto di protezione diffidenza e curiosità si alternavano in successione ordinata e ogni quadro rimandava ad un sentimento.

Capitava che sentisse il bisogno di abbracciarla, ma che sapesse a priori che l'avrebbe respinta.

Capitava di desiderare la sua protezione con la sicurezza che sarebbe stata l'unica consolazione per la fatica di vivere quell'esperienza.

Ritornò sul sentiero e cercò fra i cespugli. Lei non c'era.

Se ne stava per andare quando una mano gracile l'afferrò per un braccio e all'istante la lasciò come se si fosse scottata.

"Vuol venire con me? Vuol sapere?"

La proposta giungeva inattesa.

La seguì opponendo silenzio a silenzio.

"Qui siamo sfollati quand'ero ragazzina, per sfuggire ai bombardamenti"

Una villa padronale ancora abitata, ma lasciata da tempo in pasto al degrado.

Per mancanza di denaro o per altro, l'edificio aveva imboccato la via del non ritorno. Neanche i muri godono di una temporanea eternità.

Sembrava che gli anni se li volessero mangiare in fretta perché non ne rimanesse memoria.

Collaboravano al bisogno di dimenticare che aveva individuato negli occhi della donna.

La compostezza della facciata appariva sovvertita da un disordine eccessivo tanto da sembrare costruito ad arte. Sembrava che una mente nascosta avesse progettato la scena con l'intento neppure celato di suscitare precise emozioni. Le persiane scardinate o mancanti. Presenti solo alcune a pianterreno. Appartenevano alla zona tuttora abitata.

"Chi abita qui?"

"Non importa" le rispose sgarbata.

"Ero una ragazzina solitaria triste. Qui in campagna ho avuto troppo tempo per riflettere. Preferivo i bombardamenti. Scoprirsi ancor viva era un'iniezione di fiducia. Entri con me"

La spettatrice mostrò esitazione, aveva paura.

"Ho capito, non si fida" intanto frugava con una mano nell'ampia tasca del cappotto da cui estrasse una foto. Poi un'altra. Lei bambina insieme ai suoi genitori.

"Cosa vuole" abbassò gli occhi grandi "la vita è la vita. Una storia importante che non interessa a nessuno. Ora devo rientrare. Si sta facendo sera!" Già girava le spalle

"Ma il sole è basso all'orizzonte. Sta sorgendo"

"Lei si sbaglia, è il tramonto"

Alla cancellata era appoggiata la vecchia bicicletta. La inforcò.

L'altra continuava a parlare nel tentativo di trattenerla.

"Dove sta andando? Come passerà la giornata?"

"Non insista, tra poco sarà notte e col buio io devo rientrare"

"Ma il sole sorge a est e quello verso cui si sta dirigendo è l'est se non sbaglio"

"Sta sbagliando, io vado a ovest. Sarà che lei non è pratica della zona e si sta confondendo. Probabilmente in questo luogo non riesce a orientarsi. Non è facile, lo ammetto. Comunque quello a cui siamo rivolte è l'ovest, il tramonto. Glielo assicuro"

Mentre pedalava e cercava di prendere il ritmo si voltò ancora una volta. Si stava allontanando e fu costretta ad alzare la voce per permettere all'altra di sentire

"Vuol sapere come si riconosce un tramonto da un'alba? La luce mattutina è più morbida, sorge piano ed è un'aura indistinta entro cui si disegna la giornata poco a poco. Il tramonto invece è circoscritto. Si ritrae e ingoia le ore appena trascorse. Il tramonto è violento, anche quando scioglie l'animo nel languore serale. E se l'alba è vaghezza, il declino del sole è certezza"

Dov'era finita? E quella pianura che le era parsa così familiare era propria la stessa cui aveva pensato dal primo momento? Quella che aveva visto generazioni di uomini e donne prima di lei? Fino a lei?

Ogni volta che si ripresentava la stessa sequenza il sentiero ora appariva deserto. Non un'anima non un passo su quella terra.

Solo un orizzonte e la sua luce ambigua.

Alba rossa infuocata, o contrito tramonto.

Pugno chiuso in cui la luce si spegne.

Camminò da sola per quella campagna che non le era più familiare come aveva creduto. Ancora più sconfinata, anche se ritagliata da strade ferrate e tralicci. Casolari lontani. Con le tracce evidenti della presenza umana.

La vedeva dilatata, espansione intima di una breve sequenza.

Durante una di quelle camminate solitarie in cui cercava di fare chiarezza fra i suoi dati confusi e approssimativi trovò la casa del loro ultimo incontro.

Una donna piccola e bionda rincorreva le galline per il prato. Le fu facile riconoscere la madre della fotografia quando le rivolse uno sguardo indefinito di chi, docile e schivo, mette se stesso nelle mani di Dio.

"Non mi devono scappare. Sa in tempo di guerra bisogna difendere tutto. Se non le chiudo nel pollaio ogni sera me le rubano" Le parlava tranquilla come se la conoscesse.

Si sentì di offrirle un aiuto.

"Grazie" le disse guardandola dal basso della sua statura. Le ricordava una piccola statua di porcellana: delicata, pelle bianca, quasi offesa dalle vesti trasandate. Una miniatura preziosa dimenticata in una stalla.

"Posso offrirle qualcosa?"

"Sì, un caffè"

"Vuole scherzare. Siamo in tempo di guerra, di caffè di non ne abbiamo. Cicoria"

L'edificio era già disabitato per una parte almeno.

Entrarono in un grande locale via di mezzo tra cucina e soggiorno. In un angolo una branda.

La piccola donna le disse che di notte ci dormiva la madre.

"Lo vuole un bicchiere di vino dolce?"

Nel colloquio si intromise una voce vecchia, biascicava parole come se masticasse. Si appoggiava a un bastone.

"Sai che tuo marito non vuole che si offra quel vino" fu la frase più chiara che le uscì dalle labbra sottili ripiegate all'interno sulle gengive sdentate.

Era curva, ma non più piccola della figlia. Nonostante l'età che le aveva piegato la schiena appariva più fiera.

La donna bionda alzò le spalle senza parlare e versò la brodaglia scura nella tazza migliore che c'era mentre la madre si avvicinava a un cassetto dove avrebbe frugato per diversi minuti.

A un tratto apparve soddisfatta di avere trovato ciò che stava cercando e si avvicinò col suo passo faticoso alla nuova venuta. Teneva tra le mani un brandello di carta.

"Lo conosce lei mio marito?"

"No di certo"

"Questa è la sua foto, non l'ha per caso incontrato?"

La fatica di capire non era inferiore a quella di farsi sentire

"Non l'ho mai visto" le urlò la straniera nell'orecchio.

"È un brav'uomo. Non è violento come mio genero ma non mi dice niente di quello che fa. Io sto bene, ma vorrei sapere come sta lui. Mia figlia mi dice che è morto al fronte, nella guerra. Combatte contro gli austriaci, sa? Io però non ci credo"

"Abitate solo voi in questa casa?"

Fu la giovane a rispondere

"Sì. La casa è abbandonata. Adesso però devo chiamare la bambina"

In un replay non si beve per davvero. Si sfiora la tazza con le labbra ma il liquido caldo non invade la gola.

Fu così che non conobbe la bambina.

Fu così che decise di non percorrere più il sentiero fra i campi, ostinato nel suo inverno perenne.

Né volle cercare la casa che nessuno mai abbandonava. Né quel prato ormai incolto dove si ripeteva ossessiva la sequenza di una piccola donna che inseguiva galline.

Né tentò di assemblare gli spezzoni di vite non sue per cercare di ricomporre gli eventi.

Ogni volta che poteva percorreva invece la campagna monotona della bassa pianura a scoprire casolari abbandonati nel limbo indeciso fra i ricordi svaniti o violenti confusi dalla paura o dall'arteriosclerosi e la storia di quei posti.

Si costruì al computer un mazzo di carte, metà avevano la facciata decorata da filigrana nera sottile ma elaborata. L'altra metà uguali, in rosso.

Se le girava non trovava re e regine.

Una scritta nera.

IERI.

Una scritta rossa.

OGGI.

A questo punto poteva mischiarle e confonderle. Inventarsi qualche gioco solitario.

Le era presa la passione di scovare e fotografare vecchi edifici vestiti di muffe e di fumi, soffocati da abbracci mortali di tronchi rampicanti. Senza che mai per loro arrivasse.

Le accumulava una sull'altra.

E anche albe, tramonti di ogni stagione sfumati nel passaggio graduale di giorni che mai si somigliano.

L'immagine le parlava soltanto di ciò che era stato e non era.

Un attimo prima la vita e poi, a casa, sul piano della sua scrivania, un'immagine morta.

A volte mischiava le foto e cercava di offrire l'aria umida della pianura ai colori e alle forme fra cui non riusciva a perdersi. Rimanevano fuori di lei a parlare di una luce che oggi non è uguale a ieri. Rosso - nero.

Ed ancora confondeva l'inizio e la fine del giorno.

Ritornò anche a seguire la donna dal cappotto cammello per le vie della città dove l'aveva lasciata.

La guardava dentro casa, mentre si affaccendava in cucina oppure rientrare con un'ombra di figlia per mano.

La seguiva tra i banchi del mercato e tornare con la borsa della spesa vuota - piena.

E ogni volta si chiudeva una porta alle spalle. La lasciava di fuori, lei e il mondo tutto intero.

Non ebbe più il coraggio di parlarle per lasciare che vivesse il suo tempo in pace, vicino al suo uomo ogni sera.

Guardando le foto dei casali abbandonati fingeva le vite di chi li aveva abitati ed era stata donna. Tanti silenzi le echeggiavano in testa.

Cercò fra i nuovi volti femminili che incrociava o incontrava l'impronta di chi un tempo aveva vissuto lasciando nell'aria profumo di cibo e onde di ansie materne.

Avrebbe voluto scoprirne le impronte sulla neve o nel fango, ma le vedeva soltanto comparse nei film. Solo il silenzio di un dubbio tramonto o di un sole che sorge indeciso donava loro la scena surreale di chi vive l'inizio e la fine dell'esistenza, un'esistenza nello stesso modo in cui vive inizio e fine di una giornata.

Inaspettato giunse il momento in cui sentì il bisogno di congedarsi definitivamente dalla donna dai folti capelli, avvolta nell'ampio cappotto cammello.

Si preparò a quello che sarebbe stato il loro ultimo incontro con una cura a lei inusuale.

La cercò nella città dove ancora viveva lei stessa, ma che quella non era. Altri spazi, altre mura ed i passi di chi camminava suonavano con altro ritmo. Altra vita di qualche decennio più vecchia. Avrebbe potuto esserle madre, la donna con cui non riusciva a parlare.

La trovò, attrice di una nuova sequenza, seduta su una panchina del parco con un uomo al suo fianco.

La vedeva di spalle, vicino due alberi che erano stati recentemente abbattuti dopo i danni di un nubifragio.

Erano le prime ore del pomeriggio.

La donna si alzò di scatto, quasi fosse spaventata e si mise a chiamare la bambina senza ricevere alcuna risposta. Le appariva pesante nel corpo, invecchiata. L'uomo era fermo, i capelli folti e candidi, leggeva il giornale. La rincorse per rincuorarla perché la figlia non era sparita, era lì, da qualche parte, che giocava a nascondino e voleva che fosse lei la prima a trovarla.

O era lì, davanti ai suoi occhi e la donna non la vedeva. Stentava magari a riconoscerla perché la sua vista nel frattempo si era ammalata.

Si fermarono faccia a faccia, si squadrarono dai piedi alla testa. Quando ci si allontana si diventa stranieri.

"Ah è lei, la donna dell'autobus! Non l'avrei riconosciuta se non l'avessi guardata con attenzione."

"Te ne sei andata vero? Ho creduto ti fossi persa. Vieni a salutare tuo padre. È invecchiato sai? Senza di te si sente solo" La seguì, preda dello sconcerto; non voleva contraddirla pensando che fosse pazza.

L'uomo, seduto sulla panchina, si tolse gli occhiali e chiuse il giornale, le rivolse un'occhiata e domandò alla moglie chi fosse quella signora che non conosceva.

"È tua figlia, non ricordi?"

Si guardò in giro fra il perplesso e lo stizzito mentre il suo volto invecchiava ulteriormente. Spalle curve, barba incolta, occhi stanchi e infossati. La moglie si sedete accanto a lui, si tolse il cappotto cammello e gli prese una mano. Un atto d'istintiva difesa. Vestita di scuro, le gambe incurvate, il corpo inseguito dal tempo senza che si opponesse. Inutile sarebbe stata la fuga. Stettero insieme per qualche minuto a guardarla, taciturni.

Poi si alzarono

"Ciao" dissero" mi raccomando, pensa alla tua famiglia e curati. Ti vediamo stanca"

Se ne andarono, scordando la bambina nel parco.

Si scrollò lo stupore di dosso come un cane che esce dall'acqua e si diede a percorrere i sentieri ghiaiosi in tutte le direzioni. La luce si stava facendo incerta, gli oggetti indistinti. Doveva trovare la bambina prima del buio. Il cerchio del sole si stava accendendo di tutta la luce del giorno che in lui ritornava,mandria stanca alla stalla. Era il tramonto.

Un uomo in divisa le si avvicinò, una bambina per mano. Lo seguiva senza lacrime o esitazione.

"L'ho trovata seduta sull'erba, mi ha detto che stava pensando perché non riusciva a cogliere la differenza fra il sorgere e il calare del sole. È una ragazzina strana sua figlia. La porti dallo psicologo,signora! Buona serata."

Fu così che si trovò fra le braccia una figlia. Afferrò la piccola mano e con forza la strappò alla sequenza di un film che non le apparteneva.

Mise ordine per giorni al materiale raccolto seguendo la logica della catalogazione, recuperò le foto dei suoi genitori deceduti da tempo, da quel giorno che si alzarono da una panchina del parco, inseguiti dal tempo, ormai stanchi di amare. Investiti da un furgoncino per le consegne rapide nel traffico tranquillo di una piccola città. Lasciò che i colori ancora vividi delle foto invadessero le sue giornate.

Una nuova sequenza.

Avrebbe voluto fosse nitida per sempre, ma sapeva che anche questa come tutte sarebbe stata compresa fra la vaghezza di un'alba e la sfera del sole che prima del crepuscolo si stringe fino a spegnere la sua luce.

Una notte

Il buio si era fatto intenso. La donna aprì gli occhi e cercò luna e stelle senza trovarle.

"Cos'è questo buio?"domandò

"Temporale in arrivo. Tra i lampi puoi vedere la strega. Lei mi ha dato la pozione"ruminò il contadino

"Tu chi sei?"

"Non lo vedi?... non vedi queste mani? Io lavoro"

"Dove vivi?"

L'uomo ignorò la domanda

"Tu dovresti dormire invece"

Aggrottò le sopracciglia folte e scure

"No, prima vieni con me"

Le legò una corda ai polsi e la trascinò come asino o cane.

"Dove mi porti?"

"Sono arrivati i saltimbanchi, andiamo a vederli"

Ci misero poco per trovare una corte dei miracoli senza epoca.

Si erano stabiliti in un pianoro polveroso circondato ad anfiteatro da un paio di metri di dislivello rispetto alla strada.

La stessa che la donna stava percorrendo in auto.

La stessa su cui dal mattino alla sera c'è chi scende o chi sale. Dove trattori rallentano la corsa delle nevrosi altrui, dove in autunno il trasporto dell'uva da vino ricorda che il mondo non è solo ora ma è stato. Diverso. Forse solo più lento e profumato.

Non c'era anima viva che li guardasse, né ragazzini sporchi che applaudissero fra le risa. Nessuno che fosse felice di dirsi

"C'è chi è più disperato di me"

Un nano dai folti capelli correva avanti e indietro con movimenti veloci, a scatti improvvisi da topo.

Vestiva abiti medievali troppo grandi.

Le braccia corte parevano monche nascoste da maniche che le sopravanzavano di circa venti centimetri.

Una donna discinta si lasciava accarezzare dalle piccole mani del vecchio giullare e non ne provava ribrezzo.

Gemeva e miagolava di piacere anzi mentre i pochi denti dell'uomo le mordevano i capezzoli.

Aveva lunghi capelli a cui il nano si attaccava e dondolava, giocando come fosse una scimmia.

Allora la donna urlava dal dolore e prendeva a bastonarlo.

Molti secoli dovevano essere passati tra i tempi delle loro vite.

Platinata e perfetta in un corpo da museo delle cere, ma ancora più simile a un progetto virtuale al quale biotecnologie non azzardate avevano infuso la vita, tentava di eccitare il nano dopo averlo bastonato.

Non mostrava pudore nell'esibire le parti più intime come può fare una scimmia in calore.

Le natiche rosse, procedeva a quattro zampe. Una coda lunga ed eretta sporgeva tra i glutei sconvolgendo la trasparenza opaca della cera.

E il nano la snobbava.

Due uomini facevano la ruota vestiti di costumi da circo. Un ragazzino senza anni portava fra le mani un cilindro nuovo di zecca per chiedere elemosina.

E passava un Papa di razza bianca con la corte di alti prelati.

Era asciutto nel volto come nelle parole.

E benediceva il peccato.

E un esperto docente di etologia comparata, nello sguardo l'ammonizione del sapere, elargiva con buona disposizione sui capi reclini di un popolo esiguo, senza tempo e senza fede, la sua conoscenza. Aspergeva parole nell'aria che si confondevano all'incenso dal turibolo. Sui peli brizzolati del pizzetto che impreziosiva il suo mento, un vago profumo di pino silvestre e gocciole residue delle parole che vi si erano depositate; sugli occhi le rughe molteplici di chi si consuma il cervello. Appariva su un maxi-schermo e spiegava che fra l'uomo e la scimmia non esistono differenze se non a vantaggio di quest'ultima che almeno non rompe equilibri naturali.

Il papa squadrò la donna di cera.

"Ecco Eva! Ora verrà cacciata da Dio!" tuonò come lui fosse Dio.

E inorridiva e gridava allo scandalo, poi, dopo avere confabulato con un cardinale che procedeva appena un passo dietro di lui, fece un cenno con la mano e chiamò il dotto dallo schermo alla piazza perché facesse parte della processione.

E così si incarnò.

Basso di statura, l'epidermide pallida di chi da tanto non vede le scimmie, la giacca grigia con le spalle imbottire e il collo serrato dal cappio di una cravatta monocolore, si avvicinò alla processione.

Genuflesso l'uomo guardò con occhi devoti il Supremo Capo della Chiesa e si commosse. La considerava una vittoria della ragione sull'oscurantismo.

E la donna di cera piangeva lacrime vere mentre donne di carne e vestiti la insultavano circondandola e tempestandola di piccoli pugni a grandinata.

E il nano sogghignava soddisfatto per poi nascondersi dietro gli abiti ricchi dell'alto prelato e piangere delle sue deformità.

E un chierico lo carezzava spiegandogli che così aveva voluto il Signore nella sua infinita bontà.

"Chi sono?" domandò la donna al contadino.

"Così ci divertiamo, alle spalle di chi sta peggio di noi" neppure lui sapeva, ma non gli importava.

La guardò con disprezzo, con un calcio la buttò a terra

"Mia moglie non è bella. Non le rimangono denti o quasi, i capelli li ha persi mangiando soltanto polenta... tu invece, castellana, sei bella. Ti ha mai preso un uomo brutto e sporco come sono io?"

Tremava nei suoi abiti estivi

"Non sono una castellana... cosa stai dicendo? Dove mi hai portato?"

"Neppure io so dove sono. La strega mi ha dato un intruglio per farmi guarire da una brutta febbre e da allora non ritrovo la casa e la donna. Mi ha buttato fuori dal mio tempo, ne ho con me dei brandelli soltanto. Stracci, come i miei vestiti... Ah, questi li ho rubati all'uomo che ho ucciso per rubargli una borsa. Non c'era niente che mi potesse servire, allora l'ho spogliato... comunque so riconoscere chi non ha problemi. Chi mangia e vive bene. Spogliati tu ora, con l'uomo non è stato un gran che. Forza, non ho mai visto una dama nuda. L'ho solo sognata"

Aveva negli occhi il sangue del nano.

Ubbidì docile e la corte dei poveri tacque. Credette a quel punto che l'avrebbero derisa ed invece ci fu solo silenzio. L'accarezzavano come un totem caduto dal cielo.

Il contadino, solo, non le riservò uguale venerazione.

"Ora sì che sono soddisfatto" disse poi, asciugando col polso la bocca. I denti dall'avorio ingiallito si rivelavano nel sorriso di chi ha ben mangiato e goduto.

Nel frattempo il piccolo popolo senza tempo era sparito.

"Bevi" le disse porgendole una sacca ricavata dal ventre di una capra e lei bevve.

II° SOGNO

Visione

"Cos'è questo frastuono? Ah, l'autoradio! Ma non l'avevo spenta?... Non è sintonizzata..."

"Correre nel buio a fari spenti/per vedere se poi/è così difficile morire. Faceva così quella canzone. Eppure i fari di quest'auto non funzionano. Non posso rimanere qui in eterno,a lato della strada sul pendio di una collina"

Si guardò alla spalle

"Non c'è nessuno. Devo pur muovermi"

Innestò la retromarcia e fece manovra,pregando la buona sorte e invocando il suo sesto senso.

Prese a scendere per la strada molto lentamente,frenando, cercando di indovinare il tragitto. In aperta campagna non c'è illumina zio ne ed il buio è ancor più intenso quando la vista lo vuole penetrare contro ogni legge naturale.

"Gli occhi di un gatto mi ci vorrebbero" si diceva mentre scendeva in frenata costante.

Non un'anima o un mezzo di locomozione qualsiasi che stesse trasportando un'anima appunto.

Buio alle spalle e davanti, ai due lati. Intanto il tempo passava scivolando in quella discesa giocata coi dadi su di un tavolo verde.

"Roulette russa!" pensò.

Metro dopo metro stava perdendo il senso dell'orientamento. La strada ora le sembrava pianeggiante, ampia. Ma poteva essere frutto di un'illusione dei sensi. Le mancavano i punti di riferimento.

La strada continuava.

"Ma che strada ho imboccato?"

Il viaggio era più tranquillo. La tensione si era sciolta nel buio totale di una notte senza confini. Non percepiva fossi o limitazioni. Non vedeva *guard-rail*, né segnali. Via totalmente priva di indicazioni.

Si rese conto di aver perso il senso dell'alto e del basso. Percepiva soltanto un vago contatto delle gomme sull'asfalto.

Tentò di frenare, ma i comandi non risposero. Il moto uniforme l'aveva sedata donandole una gratuita sicurezza che il viaggio sarebbe stato altrettanto prevedibile.

Niente luna finalmente a illuminare la terra della sua perlacea invadenza. Niente claustrofobia, disagio di cui da sempre soffriva.

Rumori, visi persi nella loro stessa dissoluzione. La pace.

Finché le parve di individuare una sagoma d'uomo.

"C'è gente! Finalmente saprò dove mi trovo!"

Per l'occasione i freni risposero al comando. C'era un uomo, nella notte. Chiaro di capelli e d'incarnato, una camicia scozzese,le mani nelle tasche dei pantaloni. Se ne andava come se calpestasse il buio, aveva l'aria di fare una passeggiata.

"Mi scusi dove siamo? ho perso l'orientamento..."

L'uomo camminava e non rispondeva

"Non mi sente!? dove porta questa strada?"

Alloro si fermò

"Non lo so. È da tanto che cammino"e riprese a muovere passi nella stessa direzione

La donna lo seguiva a passo d'uomo. I comandi rispondevano e riusciva a regolare l'andatura.

"Non mi sa dire altro"

"No, ma io continuo. Se lei vuole mi accompagni"

Arrestò l'auto e l'altro reagì. Non se l'aspettava.

"Non mi dica che vuole fermarsi. Poco la divide dalla collina. Si è già arresa?"

"Che cosa la spinge a proseguire?" rimbrottò lei "Non c'è fine, non c'è meta"

L'altro alzò la voce perché si stava allontanando

"Mi ha spedito fin qui il contadino, quello che ha incontrato anche lei. Avevo sete, mi ha offerto da bere. Forse mi sono assopito... comunque ora sono qui e vado avanti"

La donna rimase assorta, poi sbottò con il gusto della polemica

"E chi le assicura che sta andando avanti e non indietro? Oppure continua a camminare sul posto? Mi sembra sciocco il suo atteggiamento"

"Scenda e provi a camminare... poi mi dirà"

Accettò quella che le parve una sfida. Era divertente. I passi si susseguivano lievi, agevolati da una spinta esterna simile a quella che si riceve su un *tapis-roulant*.

"Si vede solo notte?"

"Aspetti. Ogni tanto compare un'immagine. Sono fiori o arabeschi, lampi o fuochi in movimento"

"Mi prende in giro? Siamo finiti in un gioco di memorie digitali?"

"Non scherzi e non rida in modo così irriverente. Raramente l'immagine assomiglia alla vita, ma succede..." S'intristì l'uomo.

"Non mi verrà a dire che tutto ciò la fa meditare, magari pensare agli albori del mondo?"

L'uomo non rispose alla provocazione

"Il silenzio vale più di ogni tua parola" le disse "Non sprecare più fiato e cammina, la strada è lunga"

La donna scrollava la testa con sufficienza, ma la notte non tardò a rivelarle un *flash-back*.

Fu lei a stupire.

"Quella donna laggiù, in bicicletta con indosso un cappotto di colore indefinito… la conosco!… Quella strada sterrata su cui scivola senza intoppi...! Fermati, voglio parlarle!"

"Voglio è un verbo inesistente su questo cammino, e poi non illuderti: ciò che vedi svanisce di colpo, come è arrivato"

Ma la casa alle spalle... la vecchia che getta il mangime alle galline… Fermati, ti prego, quella donna in bicicletta è mia madre!"

"Qui non conosci nessuno e nessuno ti può riconoscere. È tua soltanto la convinzione di aver trovato tua madre, ma non è così. Sono immagini che scivolano via senza intoppi, come quella bicicletta"

Aveva ragione perché il buio era tornato assoluto.

La donna aveva cambiato atteggiamento; pensierosa, malinconica, lo seguiva tacendo.

E l'uomo cercò di spiegarle quel poco che credeva d'avere capito

"Vedi, tu hai l'impressione di camminare nel buio, pensi che intorno a te succeda qualcosa, si accenda un'immagine, ci sia vita. Ebbene ti sbagli. I tuoi occhi non spaziano all'infinito, ma sono ripiegati al tuo interno. Tuo è il buio, la memoria. Ma ti chiederai sempre - memoria di che? -. Non saprai se il tuo ricordo corrisponde a fatti accaduti o ricordi soltanto degli incubi. Penserai di avere avuto la febbre o di essere pazza. Sarà una condanna. Al di fuori non c'è niente che io possa vedere insieme a te. Penso che le cose stiano più o meno così"

Eppure quell'uomo l'aveva già visto. Era l'incarnazione del suo pensiero ed era logico crederlo.

Tutto sommato non le dispiaceva, le pareva conciliante, dai modi affabili, quasi affettuosi. Ricordava, di lui l'abbigliamento. L'aveva già visto, i jeans e la camicia scozzese... come tanti... come un giovane *cow-boy*…

"Sa qual è il pericolo in questo luogo?" continuava l'altro senza accorgersi che la donna se ne andava a inseguire le sue sensazioni" che arrivi quel diavolo, quello con la cicatrice sul viso e gli occhi febbricitanti. È un pazzo, anche se lui continua a ripetere che il troppo lavoro l'ha ridotto così, malato, eccitato dal vino e da altro che prende per non avvertire dolore. Continua a lanciare invettive contro chi abita ville e castelli, dice che il suo padrone gli porta via gran parte del raccolto e gli fa pagare ogni cosa"

"Certo il contadino!" esclamò la donna dentro di sé.

"E se arriva" proseguiva il compagno" è un disastro, butta all'aria la pace, sovverte ogni cosa e diventa violento"

Ecco dove aveva visto quei vestiti, addossò all'uomo dal volto di capra... riflessione tardiva, il compagno di viaggio si mise ad urlare "Fuggi, se puoi".

Era arrivato un coltello nel pugno a lacerare il buio della notte.

E furono saette, si sollevò il vento e la polvere si alzò a ricordare che esiste la terra.

Una notte

"Ci stiamo svegliando? era ora"

La donna lo guardava con gli occhi sbarrati, lo sguardo spento di chi ha perso il contatto con se stesso.

"Da dove viene?" osò chiedere

"Cosa t'interessa..." borbottò lui

"Voglio la verità. È capitato qui da un tempo lontano, magari il medioevo"

"Questa poi. Fa uno strano effetto un sorso di liquore"

"Era una pozione... l'ha data una strega. Tu l'hai detto!"

"Ma non dire cazzate! Le streghe te le sei sognate. Se lo vuoi sapere io sono un pastore."

La donna getto un'occhiata all'erba bruciata

"Ma cosa mangiano le tue pecore e dove sono?"

"Piantala di fare domande! O ti do una lezione, non ho molta pazienza io!"

"E quell'uomo che hai ucciso?"

"Come fai a saperlo, brutta strega?"

"Me l'hai detto tu"

"Non prendermi per i fondelli... e poi tu sei pazza, ubriaca, drogata... che ne so io!"

Tirò fuori da una bisaccia un pezzo di pane di segale e mezza caciotta. Con un coltello la divise in due, dopo averne conficcato la punta all'incirca a metà, la guardò sogghignando.

"Non vuoi vero? Non è cibo per te, castellana!"

Addentò il pane e continuò, mentre masticava accentuando i movimenti della bocca

"Comunque è giusto che tu dimentichi. Tieni, bevi quella che tu chiami la pozione della strega"

La donna esitava

"Ti prego, voglio tornare dai miei... voglio rivedere gli amici... lasciami libera!"

"Più che cazzate non vai dicendo. Sei tu che non te ne vai. Ma ora ti sei messa in testa strane idee. Non posso lasciarti andare in questo stato. Bevi!"

III° SOGNO

Sulla strada

Sapeva che quella strada non avrebbe portato in nessun luogo.

Lo sapeva mentre la percorreva sotto il sole delle prime ore di un pomeriggio d'Agosto.

Larga e dritta, asfaltata. Piccoli miraggi striscianti.

Era come se la vista fosse incerta, deviata. In lontananza sembrava bagnata da una pioggia che nessuno aveva percepito. Anche le ore mattutine erano state riarse dal sole già l'alba era nata con bagliori di fuoco. Una pioggia fantasma, desiderio dei corpi affaticati, delle membra stanche, dei pensieri confusi dall'orgia d'estate. L'asfalto era molle,se avesse portato le scarpe col tacco avrebbe lasciato inconfondibili impronte femminili.

Se ne andava a comprare un pacchetto di sigarette affrontando la calura e intanto pensava che anche all'oratorio gliel'avevano detto. La via larga, dritta e per giunta contornata di rose, conduce all'inferno.

Perché le tornasse alla mente non era strano. Le faceva sentire la frescura della chiesa in cui una suora severa impartiva i suoi insegnamenti. La sacra penombra, amata negli anni dell'infanzia, alleviava l'oppressione del sole d'Agosto. I chicchi di riso cadevano in un cesto di paglia e accumulavano sul fondo i fioretti che potessero cancellare i peccati inventati dai bambini. Era un vero refrigerio e per di più odorava d'incenso.

Non c'erano rose ai lati della via, ma poche case isolate l'una dall'altra e campi di stoppie. La tabaccheria era deserta a quell'ora, di fianco a sinistra una sala tra il bar e l'osteria. C'era un vecchio da solo, le voltava le spalle, mentre era seduto e beveva un bianchino rinfrescante. La penombra del locale odorava di vino, birra e dell'umidità delle vecchie mura, mai risanate, che il caldo dell'estate non aveva ancora terminato d'asciugare.

"Un pacchetto di Marlboro."

La donna dietro il banco, dai capelli troppo neri, carnagione troppo bianca, guance gonfie e rilassate, rughe fitte intorno agli occhi, era stata un'antica bellezza, in paese. Sopravviveva in quel caffè frequentato per lo più da uomini anziani che la ricordavano nuda su un letto disfatto e mai avrebbero dimenticato volontariamente il suo corpo e la vitalità che sapeva donare. Se l'era goduta e aveva pensato alla pensione acquistando quel grande locale disadorno, contando sui suoi molti amici.

Non era sgarbata, anzi. Molto cordiale con le altre donne, sempre due parole in più. Ci sapeva fare.

Eppure una strada larga e dritta vive anche d'inverno, battuta dalla pioggia, nascosta fra le nebbie. Ma sempre si percorre facilmente. E porta al paese vicino, agglomerato più consistente, dopo di che una grande rotonda offre varie possibilità. Lì molti si fermano e fanno marcia indietro, intanto è ormai noto che l'Inferno non esiste e che si può passare la vita, senza infamia e senza lode, su una strada larga e dritta.

Quel giorno, in un angolo della sala pressoché vuota, era seduta una signora elegante, avanti cogli anni, chiome rosso tiziano e un viso inconsueto.

La intravide mentre stava uscendo. Ritornò sui suoi passi

"Un altro pacchetto, mi scusi!" non avrebbe saputo dire il motivo del suo ripensamento.

"Anzi, quasi quasi mi bevo qualcosa. Fa caldo... un caffè e un bicchiere di minerale"

Entrò nel salone schermato dal sole grazie alle persiane per la maggior parte chiuse, e prese il giornale.

Non succede mai niente su una via larga e dritta. Quella signora non la conosceva nessuno e teneva fra le mani una busta rigonfia che doveva essere passata per molte mani. Ne era curiosa. Cercò di parlarle. La stupì che fosse la sconosciuta stessa a rivolgerle la parola senza troppi problemi. Si alzò dal suo tavolo e disinvolta

"La disturbo?"

"Prego"

"Non sono del posto. Sono qui per cercare una vecchia casa di campagna, so che è disabitata da anni" intanto frugava nella borsa" posso farle vedere le foto. So che è in zona. Lei magari riesce a individuarla"

Ricomparve la busta rigonfia, anzi sfatta e tenuta insieme da un elastico. A fatica tratteneva il contenuto. Fra le mani della donna, curate, unghie laccate di rosso, sembrava che la vita volesse scoppiare. Maneggiava carte e foto con una cura che parlava d'amore. Quella donna iniziava a piacerle.

La sua voce si sarebbe definita argentina, irregolare nei toni e nel volume come una cascata d'acqua fresca.

"Eccola!"

Le porse una foto vecchia di molti decenni Ne era soggetto una casa. Padronale, armonica nella struttura semplice, ricca di finestre e di vegetazione. Alberi, folti nella chioma, e tronchi robusti. Rami che si dipartivano in giovani dita e le foglie più tenere carezzavano i vetri, mentre le radici affondavano profonde cercando forza per rincorrere il sole. Una casa promettente, all'apparenza, di narrare senza ombre e reticenze le canzoni di generazioni che si sono amate e odiate, intrecciate e abbandonate, difese dalle mura silenziose. Vite protette dallo spessore dei mattoni e consumate in una zona franca. Le vicende del mondo avevano bussato più volte alla porta principale, ma avevano atteso pazienti che qualcuno aprisse loro. Se l'attesa si faceva troppo lunga ed estenuante se ne andavano ad altre porte. Lì la vita continuava a sipario abbassato.

Nel frattempo si era accesa una sigaretta e guardava le foto a una a una con scrupolo, valutandone ogni particolare. Sembrava ne fosse coinvolta, che la cosa la riguardasse da vicino. La fronte corrugata, non trovava quella casa nel ricordo.

La signora sconosciuta a sua volta la osservava, negli occhi l'attesa. Da lei si aspettava qualcosa, per questo fu sconsolata nel dire

"Non la conosce, vero?"

"Non mi sembra, ma la foto risale al secolo scorso. Probabilmente è un'altra la casa che oggi si offre ai nostri occhi" proseguì pensierosa "ne ha altre?"

La sconosciuta accennò con il capo, indicando la borsa

"Me le mostri"

Uscì un'altra busta, più grande, anche questa malconcia, ricordo di troppe vite, lunghe, amate e consumate.

Le scorse lentamente, indugiando su ognuna, fino a che si fermò su un vialetto ghiaioso. Un calesse lo stava percorrendo. Alla guida un uomo robusto, con nel petto un cuore rude contadino e negli occhi la passione sanguigna per la vita.

"Questa strada... ce ne sono molte uguali in zona... eppure mi risulta famigliare. I pioppi ai lati... possono apparire altrettanto ovvi... laggiù il cancello e la casa... oggi i pioppi non ci sono... solo quattro, all'imbocco della strada. Forse l'ho individuata e non è lontano da qui."

La sconosciuta sorrideva.

"Venga l'accompagno!"

Ne era certa.

Salì sull'auto della donna dai capelli rosso tiziano. Fu la sua femminilità insolita a colpirla sotto il sole d'Agosto. Intensa, accettata e amata nella pienezza delle quattro stagioni. Manciata di lucide castagne autunnali, foglie di vite e viticci dai toni violenti, ebbrezza di vino. E la messe battuta dal vento di un'estate lontana. Aprì la portiera dell'auto, ne uscì un concentrato di calura e l'odore nauseante di gomme macerate nell'afa. E benzina.

La sconosciuta avviò il motore girando la chiave nervosa, provocando fastidio all'udito, la sua voce squittiva eccitata.

"Dove vado?"

"A destra. Poi le spiego. Ci saremo in un quarto d'ora"

Dopo lo svincolo disegnato tra i campi, ragno dalle lunghe zampe sottili, imboccarono una strada stretta e tortuosa, fossi profondi la definivano. L'acqua saliva a metà fossato, scura dell'ombra delle rive, rifletteva a specchio le ore di quella giornata. La sconosciuta guidava veloce come se conoscesse la strada.

"Rallenti. Dopo quel gruppo di case svolti ancora sulla destra."

L'asfalto finiva. La terra era polvere, non pioveva da molto. Poca ghiaia era rimasta di quello che doveva essere un vialetto pretenzioso. Alle spalle dell'auto una nuvola giallognola di siccità si fondeva con la luce eccessiva. Il sole si perdeva nei bagliori dell'estate. Quattro pioppi all'imbocco.

Una corsa veloce e un calesse si sarebbe arrestato al cancello, il cavallo cercava la frescura della stalla, dell'acqua da bere. Un uomo robusto scendeva ad aprire. Miraggio d'estate. Tante volte doveva essere accaduto, tante volte da poter essere evocata dalla scena che anche ora si svolgeva. Due donne scendevano da un'auto; la più anziana apriva il cancello forzando la ruggine della serratura.

La più giovane si voltò e rivide il paesaggio com'era. La nuvola di polvere ricaduta al suolo, la campagna senza fiato in attesa della sera e il sole ricomposto in una forma irregolare.

"È questa?" domandò alla sconosciuta mentre indicava l'edificio oltre il cancello.

"Penso proprio di sì"

La strada continuava oltre la recinzione e si faceva privata, metro dopo metro,dritta e stretta. Attraversava la parte anteriore del parco per fermarsi di fronte a una breve scalinata. La sconosciuta teneva tra le mani il mazzo di vecchie chiavi, pronta ad aprire qualsiasi porta non fosse già aperta.

Il suo corpo robusto dal ventre largo e materno partoriva quella casa ambiente dopo ambiente. Correva qua e là, controllava ogni stanza come se fosse stata in vacanza e il vuoto dei locali rispondesse non soltanto con un'eco abortito, ma con voci famigliari.

"Apriamo le finestre!" girò lo sguardo all'accompagnatrice "su, mi aiuti! Non stia lì impalata!", ma lo disse con affetto. Intanto spalancava le imposte.

"Ci vuole aria! Non sente che umido odore di muffe? ci vuole gioia, amore per la vita!" tacque subito leggendo la perplessità nel volto dell'altra.

"Non è d'accordo?" continuò a mezza voce.

Non era facile vedere per chi non conosceva quella casa. La giovane si sforzava di scovare negli spazi disabitati, dove solo era rimasto qualche mobile ormai diventato legna da ardere, un segno o un'emozione. Percorreva il perimetro delle stanze con esitazione, ma non c'era storia nei suoi occhi.

"Ha ragione... io qui ci ho vissuto per tanto. Queste mura hanno storia, la mia e di coloro che con me l'hanno condivisa. Per lei è tutto estraneo. Potrei raccontarle aneddoti e leggende famigliari, ma non mi va di fare la nonna."

Si sentiva straniera, la donna giovane. Imbarazzata accendeva sigarette.

Con uno sforzo, alla fine, le uscì la domanda che premeva nella gola. L'aveva trattenuta fino a quel momento per paura di sembrare indiscreta

"Per quale motivo è tornata a cercare questa casa?"

Il volto della sconosciuta si rabbuiò, l'altra gettò uno sguardo fuori, oltre il vetro di una finestra rimasta chiusa. La polvere l'acqua e il sole, l'avevano reso deserto. Argilla prosciugata, ferita dal caldo, macerata dalla pioggia. Uno strato sottile che manteneva comunque un accenno di trasparenza. Una grossa nuvola solitaria copriva la luce viaggiando verso est.

"L'abbiamo venduta... io e gli altri... e questo è un addio."

Tacque per minuti, trascinata nell'oblio che il futuro le avrebbe riservato. A lei, alla casa, alle vite accatastate, alla memoria.

"Sono qui per fare ordine"aggiunse.

Intanto camminava, seguendo il perimetro della stanza vuota. Il volto si era modificato. Ora severa, lampi di rabbia, i tratti induriti, la bocca serrata.

"Tra poco inizierà la ristrutturazione"

Lo disse senza che la voce tremasse. Né pianto, né commozione poteva trapelare.

"Venga di sopra!" sembrava aver recuperato l'esuberanza smarrita. Come una ragazza salì gli scalini di corsa e in un attimo aveva donato la luce ad un paio di stanze del piano superiore.

"C'erano tante camere da letto. Del resto ci capitava di trovarci qui in molti. Cugini, zii acquisiti... amanti. Nel sonno dell'estate noi bambini abbiamo imparato l'amore. In punta di piedi, spiando. Non si usa più adesso" sorrideva, rifletteva, ripartiva a parlare con nuovo vigore. Aveva iniziato a mettere ordine. E l'altra ascoltava.

"Storie semplici o inconsuete, in questa casa. A volte persino violente. Divertenti. Drammi... e una tragedia"

Non un letto era rimasto. Un armadio sgangherato, di dimensioni ridotte.

"Qui dormiva un lontano cugino. Lo chiamavamo zio, in realtà non so neppure dirle se fossimo realmente parenti. Conduceva una vita nomade. Diceva di fare l'attore, ma si mormorava fosse un cantastorie da osteria. Ogni tanto tornava, quando aveva bisogno di soldi. Amava la strada. Era nato per camminare, macinando chilometri come un viandante d'altri tempi. Oggi non si cammina più per le strade. Ha notato quanto sia destabilizzante non calpestarle passo dopo passo? Non sappiamo più camminare."

La giovane non sapeva cosa dire, le piaceva sentire le parole della donna dai capelli rosso-tiziano. Le piaceva il suo volo fra un ricordo e l'altro. Un discorso così intimo che non poteva venire narrato senza essere alterato ed ucciso da riferimenti precisi.

"La annoio?" le domandò la straniera

"Per niente. Sto per scoprire il luogo dove nascono le fiabe, una nuova dimensione ai miei occhi... fra la terra e la ragione... o dove?"

Si rivolse alla sua compagna aspettandosi una risposta diversa, autentica soluzione alla domanda.

La donna invece non voleva seguirla sulla via di queste considerazioni. La interruppe.

Sembrava insofferente ai ragionamenti.

"Ha toccato un tasto interessante. In famiglia abbiamo avuto almeno un paio di sensitivi. Uno degli zii, una sua figlia. Ipnotizzavano gli animali. Evocavano defunti. Non so dirle quanto ci fosse di vero, so che era un bel gioco. Da bambina ne fui dapprima turbata. Poi invece mi aiutò a trovare un'armonia segreta fra me e l'ignoto. Possiamo chiamarla un'altra dimensione.

Ogni casa di un certo rilievo ha i suoi fantasmi."

"È molto grande" banalizzò la giovane per evocare il presente, misurabile, ponderabile. Certo. Rassicurante... non avrebbe saputo dire in quel frangente che cosa fosse più rassicurante

"La dimensione fisica degli oggetti o il fluttuare inavvertito dei ricordi?" Se lo domandava.

Nuvole assenti nel cielo. Senza tempo l'azzurro. L'orologio avrebbe potuto fermarsi. Solstizio d'estate o notte bianca?

Eppure ricordava quel giorno come un giorno d'Agosto. Pomeriggio di solleone. Il tramonto era ancora lontano. Con il fiato sospeso si sarebbe potuto pensare che non sarebbe arrivato. Guardò l'orologio per conferma. Le lancette si erano mosse, un paio d'ore erano trascorse. La permanenza all'interno di quel caseggiato doveva averle alterato i riferimenti temporali.

"Grande è grande" le rispose la signora "Ma non è sconfinata come ai tempi dell'infanzia, mi sembra comprensibile. Le pareti sono sporche, le muffe compaiono abbondanti. Non ci sono più voci che la percorrono. Ormai il futuro è alle spalle" sospirò.

"Usciamo. L'accompagno al cimitero"

Esitò ricordando che ai più non è meta gradita.

"Mi scusi. Le sto invadendo il cervello con i miei ricordi. La infastidisce? Per me laggiù c'è la vita, per gli altri c'è la morte. È così anche per lei o accetta di seguirmi?"

"Vada per il cimitero" rispose la giovane come fosse una gita di scout.

Non era lontano dall'edificio, ma in aperta campagna. Un muro alto lo circondava e un grande cancello permetteva a chiunque di gettare un'occhiata all'interno. Non era un cimitero privato, ma ospitava per gran parte i membri della famiglia.

"Qui la nonna e il nonno dalla parte opposta. Ha voluto una cappella soltanto per lui e un affresco dov'è rappresentato di persona e gli angeli lo rapiscono a forza dai piaceri terreni. Era un edonista convinto. Altrettanto convinto che i piaceri della carne non fossero in contraddizione con la salvezza eterna"

La signora faceva amabilmente da cicerone.

"Qui lo zio di cui le ho parlato...mia sorella...mio marito"

La sua voce si stava alterando, quasi volesse evitare il singhiozzo del pianto

"Qui i miei figli, la mia vita... un nipote che era un angelo.."

"Ma come" la interruppe l'altra " Tutti già morti... così precocemente?"

La donna più anziana corse avanti, ondeggiando sui suoi fianchi forti

"Venga, venga" la invitò vivace

L'erba si confondeva alla ghiaia, nei sentieri regolari che dividevano le aree di sepoltura; nel frattempo la penombra aveva sostituito la calura ed una temperatura gradevole rinfrancava il corpo dalle fatiche del giorno.

La donna stava ritta sui tacchi vicino a una pietra tombale

"Senta questa" sobbalzò la donna dai capelli di fiamma "non la racconto volentieri, ma a lei..."

La prese per un braccio e da lei docilmente fu seguita. Sedettero sulla pietra grezza, senza nome. Aveva l'aria di non essere mai stata utilizzata

"È una storia tragica sotto ogni aspetto. Qualche generazione addietro si racconta che fosse nata una bambina frutto d'amore incestuoso. Era bella e forte, contadina nell'aspetto e negli atteggiamenti. Vivace e coraggiosa fino all'incoscienza. Non certo la creatura fragile che solitamente s'immagina figlia di consanguinei. Così si racconta. Folta la chioma, rossa e riccia, svelte le gambe robuste, arrogante lo sguardo dalle pupille nere.

Il padre, uomo ricco, amico di famiglia, aveva sposato la madre, donna fragile e nevrotica." Fece una pausa e sorrise "Le ricorda un bel feuilleton ottocentesco?" e proseguì.

Il fratello della moglie viveva nell'ombra, solitario e introverso. Fisicamente a lei molto simile. Da ciò, a mio parere, nacque il crudele pettegolezzo. Come fosse l'altra parte, capisce? Ma il marito non ne era a conoscenza o faceva finta di niente. L'educazione della bambina fu di necessità affidata a lui. La moglie era troppo scostante. Crebbe la figlia a sfidare la vita. Voleva che gli somigliasse. Lui era un bell'uomo per quei tempi. Spalle forti, torace ampio, l'adipe leggera del benessere, due bei baffoni... Ha presente l'uomo che in calesse si è fermato al cancello nel pomeriggio...?" L'altra la guardò sgomenta, convinta di non avere capito con esattezza le parole della straniera. Ricordava di avere lasciato i suoi pensieri in balia della calura, della luce abbagliante di un sole che sembrava decomporsi e fra la polvere riarsa aveva voluto dar corpo alle sue fantasie.

Come poteva sapere, la straniera dagli occhi vivaci?

"Sono convinta che lui non credesse a quel che si sussurrava. Come poteva una donna per bene violare il più antico tabù della storia? Comunque era Maggio quel giorno, quando Vittoria, così si chiamava la bambina, giocava con un'amica, inseguendo la vita com'era solita fare: rispecchiata in una bolla di sapone. Le adorava, si dice, ci passava le ore. Fu in quel pomeriggio che successe l'incidente. L'amichetta fu trovata in un pozzo, morta. Il padre di Vittoria prese a sragionare accusando la figlia. Diceva di aver assistito, inebetito, alla scena. Era lontano, non poté intervenire, né aveva creduto a ciò che vedeva: la figlia aveva spinto l'amica con un atto furtivo e poi si era allontanata tranquilla, verso casa.

Divenne una donna bella e forte, come il padre l'aveva voluta. Immune a ogni maldicenza si costruì la sua vita.

Pareva invulnerabile. Le frecce si piegavano sul suo corpo. Era fatta di ferro e sorrideva. Un sorriso accennato e sicuro. Una sfida.

Negli anni temperò la sua freddezza e morì in gloria, si dice, dedicando la vita ai suoi figli e ai bambini bisognosi. Ma in gran parte è leggenda, così la penso io.

Il padre finì invece pazzo, ricoverato in un istituto fino alla totale consunzione del suo cervello, quando un giorno d'improvviso strangolò suo cognato, che lo assisteva amorevolmente, tale e quale a un fratello. E questa purtroppo è storia vera."

Così tacque. Era notte, ma la luce illuminava il cimitero. Era pace. Lì non mancava nessuno.

La giovane guardò la lastra senza alcuna incisione

"E questa di chi è?"

"Al momento di nessuno, ma è questione di poco"

Intanto carezzava la pietra come il muro della casa, quando appena arrivata, nelle ore più calde del pomeriggio trascorso, tentava di dare la vita a ciò che era morto. E ancora una volta si distolse e distolse la compagna da pensieri che potessero risultare conturbanti.

"Forza, ora. Il calesse ripartirà all'alba. Sarà bene dormire un paio d'ore. Mi dia retta." si coricò sulla tomba vuota come fosse un bel letto, lo sguardo verso il cielo

"Venga anche lei, c'è posto... E via, non abbia paura, siamo vive. Siamo vive come poche volte si è nel corso dell'esistenza."

La fissò, gli occhi neri vivaci avvolti dalla chioma tiziano, scomposta. Sorrise, la tirò per un braccio.

L'altra ebbe paura, cercò di divincolarsi, ma la sconosciuta rivelò una forza inaudita. Accostò il corpo della giovane al suo e lo obbligò alla posizione supina.

"Non può fuggire!" Esclamò arrogante.

L'altra ebbe paura.

La bambina dalla chioma fulva di cui le aveva raccontato... forte e sicura,immune alle frecce. Trattenne il fiato aspettandosi il peggio.

"Questo cielo infinito d'estate, senza stelle... e la luna che si scioglie nell'oscurità donando riflessi di magia alla notte. Come può andarsene? Stia qui fino all'alba."

La signora era seduta; le guardò i fianchi forti e pensò che non avrebbe potuto farle male. E comunque il sonno avrebbe vinto, tant'era la stanchezza.

Verso l'alba

Guardò in alto la luna che sbiadiva e le parve di avere appena aperto gli occhi, ma non poteva dirsi certa di avere dormito. Intorno nessuno. Ma il giorno si faceva rugiada.

Il vetro dell'auto era bagnato dall'umidità e anche l'erba intorno luccicava di gocce sotto il cielo indeciso.

Era viva la terra, viva come mai l'aveva pensata. La sentiva pulsare, se ascoltava.

L'emozione del mattino batteva al ritmo di cuore.

Non sapeva dire se la sua mente fosse lucida oltre il limite umano, o confusa e si lasciasse travolgere dalla prima visione del mondo mattutino.

Decise di tornare, atterrando in pianura in meno che non si dica.

Qui l'alba era livida, stagnante. La foschia confondeva il passaggio dal quadro notturno al chiarore del giorno.

Girovagò, imboccando strade a caso, certa di non andare fuori rotta.

E le apparve la casa. Somma o puzzle di quelle visitate nella notte.

Fu più forte di lei la volontà che la fece fermare.

Accostò alla cancellata, aprì e scese.

Stava guardando la facciata dell'edificio per cercarne l'identità quando

"Ehi signora, cosa vuole?"

Fu apostrofata da una voce maschile.

E ancora

"Chi cerca? Vuole qualcuno?" insisteva.

Si voltò e lo riconobbe. Il volto segnato e gli occhi brucianti.

La donna accennò due passi in senso contrario, verso l'ignoto

"Ehi, si fermi. Mi aspetti!" le intimò.

Accelerò il passo guardandosi alle spalle. Vicino a lui correva una bimbetta veloce, dalle gambe forti, che la stava raggiungendo.

"Dove vuole andare, è pazza? Non sa che quella strada non ha fine?"

E la donna correva inseguita dalla bimbetta petulante

"Fermati, fermati!" urlava anche quella.

La paura s'impossessò di lei fino a farle perdere fiato. Ansimava, la sua corsa rallentava e le gambe non obbedivano più al bisogno di fuggire.

Accettò la sua resa e la corsa finì.

Camminava lentamente, aspettando di venire raggiunta.

Contava i secondi in maniera approssimativa regolandosi sul battito del suo cuore. Niente succedeva, nessuno l'afferrava per le spalle o la superava arrogante, a intimarle di fermarsi.

Nessuno le stava alle spalle, in realtà, quando ebbe il coraggio di voltarsi.

Solo l'auto, verso cui ritornò per allontanarsi al più presto dalla casa in cui poco prima aveva ritrovato il ricordo e che ormai le appariva molto lontana dall'immagine che l'aveva impressionata al punto da farla fermare. I mattoni a vista, le arcate di dubbio gusto, ornate da capitelli lavorati a foglie d'acanto, un bel parco intorno, ma la strada sterrata che conduce diritta all'ampia terrazza non c'era. Un vialetto che si divideva delimitando un'aiuola centrale, si parava davanti all'edificio squadrato imitando il giardino all'italiana. Non riusciva a capacitarsi di essere caduta in inganno, e ne era ulteriormente turbata.

Le ore del primo mattino

Si era allontanata tanto quanto poteva bastare a tirare un sospiro di sollievo.

Con l'auto percorreva la strada di pianura. Poco oltre un agglomerato di case, esiguo e modesto presepe d'estate. Al solito si ergeva il campanile al di sopra dei pochi tetti, uno su uno giù, disordinati. Case di campagna, razzolanti nell'aia dell'intera pianura.

La strada tagliava il paese. Il bar, due tavoli e quattro sedie,- deserto a quell'ora, era aperto. Di fianco un insegna "Pane e formaggi". In realtà il negozio era denso di ogni prodotto proponesse il mercato, fino a strariparne. Vecchio emporio reinventato.

Fermò l'auto e abbassò il finestrino. Il profumo del pane ne evocava la crosta fragrante e la morbida pasta gonfiata dai lieviti, all'interno.

Dietro il banco un uomo basso e minuto, rassicurante e incolore. Sbiadito come le tinte del paese e dei campi lì intorno, nelle ore di quella mattina, quando già l'estate degrada verso sud.

"Una mica" gli chiese

"Se ce l'ha, ancora calda" domandò incerta, quasi fosse sconveniente desiderare una cosa così semplice.

Il tepore del pane scaldava la carta in cui era avvolto. Era rustica e ruvida come la pagnotta che conteneva.

Uscì dal negozio; seduta sull'auto. L'aprì e l'addentò con piacere.

Quando alzò lo sguardo si accorse di un bivio, poco oltre.

Strizzò gli occhi per acuire la vista e decisa indicò la svolta a sinistra. Ritornava verso casa, ormai stanca di girovagare per le strade di quella pianura, snodate e annodate, movimentate da curve eccessive. Tutte uguali.

La scelta fu saggia. Poco oltre il sapore del pane sarebbe stato diverso. Sulla destra, un paio di chilometri avanti quattro pioppi lasciati dal caso segnavano l'imbocco di una strada sterrata. Rettilineo di quelli che un tempo avrebbero condotto alla villa padronale. Qualche vaso in cemento all'inizio di quello che un giorno era stato un vialetto ombreggiato. Rovesciati o feriti dal tempo, ripiegati per terra. E in fondo un muro di recinzione, terminato da poco, un paio di ciminiere, qualche villetta. Mura ancora umide d'intonaco recente.

Fra le case una scuola dedicata a qualcuno, una targa al portone d'ingresso

IN MEMORIA DI VITTORIA F.
BENEFATTRICE DELL'INFANZIA.

Sensazione Paranormale

È vero. Ho fatto un sogno. Sognavo di tornare.

"Puoi raccontarlo?"

"Raccontarlo? No non direi. Descriverlo forse... sì posso descriverlo."

Una strada. Asfalto dissestato.

Alberi, foglie fresche indice di primavera appena iniziata.

Cielo azzurro-sfatto.

Com'è l'azzurro-sfatto?

Sbiadito ma luminoso, qualche nuvola-panna che si sta afflosciando.

È mattino, prime ore sicuramente.

Brezza.

La vedo, accennata -vibrante.

Ma non la sento.

Non so se sono su quella strada o nei pressi, oppure se la vedo e basta.

Da dove però?

Quale può essere il mio punto d'osservazione?

"Neppure se ti concentri riesci a individuarlo?"

Perché dovrei concentrarmi?

Alla fine non m'importa.

Ora sento un contatto. È sulla pelle è dentro il cervello.

Lo sento infilarsi fra le anse morbide, elastiche, grigiastre e chiudendo gli occhi, vedo.

Vedo dentro di me la fitta irrigazione del sangue, che mi tiene in vita e nutre il mio pensiero, come l'acqua tiene in vita un prato.

Il mio cervello, il prato. Verde umido, luminoso.

Penso di avere visto un prato come lo immagino ora e gli spruzzi d'acqua che ricadevano sull'erba fingendosi pioggia. Sensazione felice di gioco.

C'è un uomo che si muove tra i cespugli di un giardino. Potrebbe essere un padre e io un ragazzino.

Ma fuori di me nessuno vede né prato né sangue, non vede l'uomo e non vede il ragazzino che gioca e salta fra gli spruzzi.

Fuori di me l'assenza di peso, l'ondata di vuoto si infrange contro il mio confine di pelle.

Sono io l'oggetto d'osservazione.

Me lo sento addosso... uno sguardo.

Alzo gli occhi per questo, e vedo un volto.

Uomo-calvo.

Profilo deciso ma lineare.

Dietro di lui il cielo di notte, illuminato da luci di terra.

E poi sono due - cinque - poi ancora.

Si duplica si moltiplica con la rapidità di un virus.

Un clone veloce che accelera e si riproduce fino a stendersi come una coperta sul cervello.

Sempre lo stesso viso da prospettive diverse, con altri cieli, altre nuvole.

Cambia la mimica, ma non l'intensità dello sguardo.

"Che senso ha tutto ciò?"

Bella domanda eppure inutile.

Un senso... il senso?

Hai altro da chiedere?

La risposta non arriva e il silenzio diventa la pulizia di un cielo azzurro, intatto, vuoto.

L'angoscia e la pace possono sovrapporsi.

Chiudo gli occhi e nel buio acceso delle palpebre socchiuse trovo un confine lontano, basso sull'orizzonte.

Ora mi oriento, ora so dove sono.

Non immaginavo di ritrovarmi al punto di partenza.

Da qui mi sono allontanato un giorno.

Penso che nessuno se ne sia accorto.

Non chiedevo conferma, eppure la conferma c'è.

È davanti a me proprio adesso e mi saluta

"Ciao Nick, tutto bene oggi?"

Oggi come ieri, gli risponderei. Però ignoro quale ieri sia quello di cui sta parlando.

Potrei avere avuto un problema... ieri. E non lo so.

Potrei stare bene come... ieri.

Ignoro anche questo.

Ignoro in primo luogo di essere Nick.

"Tutto ok" rispondo col pollice in alto.

Dopo avermi incrociato e superato di poco il tipo che avrei dovuto conoscere si ferma e mi dà una voce

"Ah guarda che la vecchia oggi è in uno dei suoi giorni"

Perché ridacchi non lo saprò mai.

Faccio cenno col capo.

Ero convinto di sapere dove mi trovavo, ma non basta l'orizzonte per circoscrivere un luogo.

Quindi io sarei Nick.

Che cosa me lo conferma?

Il cielo sopra la mia testa, sbiadito e fumoso, la strada che sto percorrendo, terra battuta e polvere a riposo?

Il vento che ora muove l'erba e frastorna i rami, sventolando stormi di foglie giovani e tenere?

Il vento dà forma e modella.

Potrei essere Nick, dando credito al saluto di quel tale.

Guardo in giro e sono solo.

Uno spazio noioso e stanco intorno.

"E ora cosa faccio?"

Tornare si dice voglia dire ricordare. Non succede, non a me.

E questo posto che pensavo di conoscere... non ho più la certezza che fosse il posto dove sognavo di tornare.

Decido di camminare fino a che ce la faccio; chissà mai che la strada mi aiuti, mi conduca a trovare il luogo che cerco.

Incrocio un'auto e l'auto rallenta.

Il conducente abbassa il finestrino

"Ehi Nick. Immaginavo tu fossi in zona. Come va? I tuoi dolori?"

Fingo. Fingo di avere dolori

"Sto meglio. Ma come facevi a sapere che ero qui?"

"La tua macchina ferma in piazzola poco più indietro. L'ho vista. Sono contento che vada meglio, a presto"

Lo guardo andarsene col lampeggiante di sinistra ancora acceso che si allontana su un'auto grigia di media cilindrata.

Tranquillo, senza fretta, mentre una nuvola grigia disegna d'ombra l'ultimo tratto visibile di strada.

A buon diritto mi sto convincendo di essere un certo Nick.

Ma non mi sento Nick.

Del resto se ragiono non so cosa possa significare sentirsi un Nick.

Infilo le mani nelle tasche dei pantaloni, non provo ansia.

E nella tasca di sinistra mi capita di sentire il metallo di una chiave.

Chiave d'automobile.

I conti cominciano a tornare. Dovrei trovarla parcheggiata in una piazzola fra qualche centinaio di metri.

Se schiaccio il comando e si apre è la mia.

E ho buone probabilità di essere Nick.

Sto camminando sulla via di una dimostrazione.

È molto facile rassicurarsi e giungere a conclusioni di fronte a una coincidenza.

Eppure un paio di chiavi in tasca non sono una coincidenza. Sono un caso qualunque. Chi non ha in tasca le chiavi di un'auto?

Inizia a piovere, qualche goccia che segna la polvere. Il cielo si è velato di nubi trasparenti. Lasciano intravedere l'azzurro e per questo non me ne sono accorto. Le gocce arrivano a colpirmi inattese e sono una piacevole sorpresa.

Mi danno la gioia di essere corpo. Di essere vivo e semplice in un luogo che avevo atteso.

La luce filtra senza ostacolo.

Preferisco non guardarla. Mi piace lo spessore delle cose, camminare e sentire i piedi stanchi, i muscoli affaticati. Provo turbamento all'idea di avere un volume, una dimensione precisa.

La terra sotto i passi. E un cuore battere accelerato, anche l'ansia di arrivare all'auto riesce a sedurmi neanche fosse un miracolo.

Mi tocco il viso con le mani, le lascio poggiate alle guance.

La barba appena ispida. Mi sono raso da poco.

Gli occhi.

Questi occhi che vedono la strada, vedono un'auto parcheggiata nella piazzola poco più avanti.

La raggiungo, accarezzo la lamiera. Guardo cielo e auto come appartenessero a uno stesso evento.

Giorno felice, quello del mio ritorno.

Karma Detective

Nessuno di noi è al sicuro. Nemmeno da se stesso. Si aprono porte segrete quando meno te lo aspetti.

Ti affacci.

E salti.

Il vuoto non esiste, è un'illusione. Nel buio urti contro altri corpi, percepisci presenze. Le senti. Come un cieco acuisci altri sensi. Gli odori, i sussurri, i battiti, le pulsazioni.

La colpa invece esiste, esiste colpa oltre ogni ragionevole dubbio.

Sprofondi dove non c'è bussola. Avverti un tempo senza ore. Non eterno, non il tempo infinito che ruota e ritorna. Il tempo composto da tempi terreni compressi, mixati, tempi finiti e accumulati uno sopra l'altro, oppure nascosti. Uno dentro l'altro.

La scatola rossa, ricoperta di stelle, da cui sbuca un pagliaccio irriverente; le braccia spalancate. Lui sembra ridere, ridere di te.

"Felice sorpresa" et voilà.

Ora speri di non uscire più per "tornare a riveder le stelle".

Ti torna alla mente il tempo del liceo, poi qualche rima infantile. Non sai da dove arriva, ma ti raggiunge, ti chiama al periodo dell'infanzia. Ti culla.

Ci si abitua al buio e si comincia a camminare cercando gli ostacoli a tastoni. Toccando, disegnando le forme, riconoscendo il materiale di cui è fatto un oggetto, riconoscendo la carne in tutte le sue varietà.

Hai trovato un mondo sotterraneo, nei visceri della terra che ti ha generato.

Eppure sai che qualcuno ti segue.

"Mamma, mi segue!"

"Chi Phil? Smetti di vivere di fantasie!"

Dicono che io, Phil, fossi un bambino che viveva dentro le

sue fantasie. Ricordo il parere di uno psicologo, mentre io lo guardavo e vedevo, dietro il suo, il volto di una donna castana, dal volto squadrato, di mezza età e colori stinti. Diceva a mia madre

"Suo figlio non vive di fantasie, vive dentro le sue fantasie"

Sembrava una diagnosi senza possibilità di recupero, e mentre decretava la mia forma di autismo sui generis, io vedevo la donna dal volto sbiadito che prendeva il suo posto e lui, ragazzo grassoccio, pelle chiara capelli neri, svaniva incluso nel volto quadrato della donna. Un cerchio inscritto in un quadrato. In quel momento era questa la mia geometrica fantasia.

Quel che è stato dopo, non so. Non so dire della mia vita niente più che qualche raro episodio. Sempre quelli, incisi come graffiti rupestri.

Ora so invece con certezza, che qualcuno mi seguiva e mi segue.

Per questo non voglio uscire dal buio. Penso di non volere sapere chi sia l'entità che mi segue con tanta costanza, non penso soprattutto di volere conoscere il perché; preferisco vivere delle mie fantasie, ho imparato in qualche modo a gestirle frequentando realtà parallele.

Cosa faccio per vivere? Potrei definirmi un cacciatore di destini. Come esiste chi caccia i fantasmi, io rincorro il destino di persone capitate in qualche sventura. Collaboro con la polizia. Il destino non si allontana, non fugge, lo si individua e se ne dissotterrano le radici. Cerco il colpevole, la causa prima di tante vite difficili, il colpevole di morti violente e suicidi. Il destino si fa cercare per poterti trovare e rincorrerti fino a catturarti. Alla fine è sempre un incontro che sembra avvenire per caso.

Bianco e nero. Oggi sono un appassionato di polizieschi in bianco e nero. Ho una collezione di DVD e me li guardo da solo - senza scarpe - i piedi sul tavolo basso in vetro fumé davanti alla poltrona. Fuori piove sempre quando mi guardo un vecchio film in bianco e nero. Io non fumo e non bevo ma ho un bicchiere da whisky pieno d'acqua e ghiaccio sciolto. Trasparente anche lei. Fuori è notte ora, ma d'estate fa caldo, non piove stanotte e c'è afa. Eppure sento la pioggia che rovescia sulle strade investendo il traffico intenso, sgargiante di luci, senza tregua, senza sonno, perché corre, lavora, corre perché deve correre, spinto da se stesso. Sento un torrente che rovescia sulle finestre, sento freddo. Ma queste sirene? Quante, troppe! Non sono in servizio non ora. Lasciatemi in pace.

Il caso di Mary C.

Non ho ancora individuato il nascondiglio di Mary C.

Non so più come giustificarmi con gli investigatori. Sto trascinando il caso oltre ogni ragionevole limite. Me lo toglieranno - è già successo ad altri, non sono stato il primo ad essere interpellato, ma quelli erano sensitivi. La situazione si sta trascinando. Anche il mio capo non sa come giustificarsi con i superiori, perché anche lui ha un capo e a sua volta anche il suo ne avrà uno.

Sono un detective, non è un gioco quello che mi hanno proposto. Vivo una vita da detective, e mi mantengo con il mio lavoro.

Sono ora e qui a tormentarmi su un caso irrisolvibile. Non c'è problema, mangerei lo stesso, anche se non arrivassi mai a una soluzione. Lo stipendio regolare, le mie giornate scorrono e si inceppano come quelle di tutti.

Ma Mary C. è una persona reale, definita da coordinate esistenziali, all'incrocio di rapporti di parentela, nata-vissuta-sparita. Forse viva, forse morta.

Io mi sentivo a un incrocio della mia vita con la sua, stava a me decidere se tagliare di netto la strada di Mary C. o incunearmi nel destino e creare un'elica intorno a lei. Esattamente come metà elica di un DNA avvolta a spirale intorno al perno della sua persona.

Sono un detective *sui generis*, anche per questo mi hanno assegnato il caso.

Bianco e nero, esasperato, indolente, malato. Sono sempre sul punto di rinunciare e poi qualcosa dentro, o meglio io stesso, mi dà una sferzata abbacinante, incosciente. Come un sogno, una crisi convulsiva, una calma giornata attenuata e scivolosa che mi cosparge del tempo passato, di ricordi o percezioni... Accostamenti arditi, tracce irrazionali. La chiamano intuizione, tanto per farsi capire. Ma come ogni vocabolo definitivo, è irrisolto e insufficiente. Forse torno a leggere il volo degli uccelli, ma so che bisogna essere oltre il proprio tempo e le sue logiche per arrivare là dove nessuno è arrivato, e bisogna guardare indietro, quello che Mary ha alle spalle, quello che ho io e quello che attira qualcun altro verso di lei, quello che ci avvicina e ci allontana. Questo è il vero problema, non so chi sia questa persona, so solo che esiste, ne esiste una in particolare o più d'una, ma si fondono e confondono tracce, immagini, ricordi e tempi. Ed è su di loro che devo indagare per trovare dove si nasconde Mary o dove qualcuno la tiene nascosta. Non è facile.

Cerco di spiegarlo al capo, lui sembra capire, ma è irrequieto; i suoi superiori esigono una risposta entro un tempo ben definito, mi hanno dato un anno. Non è poco, se mi aiuta il caso. Altrimenti caso chiuso, ovvero archiviato irrisolto.

E qualcun altro un giorno a venire per un motivo o per l'altro, lo rispolvererà. Tanto vale che vada fino in fondo e ci giochi la carriera e il mio buon nome.

Amo l'odore del giornale stampato di fresco, mi è rimasto nell'olfatto, quando ancora si usava uscire il mattino e comprarne una copia. Sfogliarlo davanti a un caffè più brioche e mischiare i profumi imprimendo nella mente quel ricordo.

Lo faceva mio padre, quello che è stato mio padre ai miei occhi, e suo padre, lo facevano in molti e la mia mente è rimasta impregnata di quegli odori, fino a cercarli, annusarli nell'aria, come un cane la selvaggina.

Ne è già passato di tempo da quando ho assunto l'incarico.

Giorno dopo giorno il caso si è impossessato delle mie ore e del cervello, anche oggi, mentre passo con l'auto fra i villini di una periferia dignitosa e sono fuori servizio, considero che forse è giusto così. Vivere tutta una vita scivolando lungo un campo di calcio amatoriale con l'erba rasata da poco. Costeggiare i muretti alternati alla siepe, sbirciare gli ingressi tutti uguali e decidere che questa è la vita.

All'improvviso giro il volante con una sterzata. Stavo per sbattere contro una moto parcheggiata e neppure l'avevo vista, ha sterzato il mio cervello, ma non erano i miei occhi a guidarlo.

Io pensavo nel frattempo, che dentro una casa del genere vive la storia di Mary, con una buona approssimazione forse è lì che si nasconde, o in un posto del genere vegeta e muore il karma di tanti. Perciò questo posto è in lento degrado, il karma ha bisogno di progressione.

Qui la sconfitta si beve col latte materno e ogni vita che nasce è peggiore di chi le ha dato origine. È un terra senza musica e suono.

Che c'entra il karma con la fila regolare di villette?

La voce di un sax sarebbe più adatta a mostrare lo stridore che mi vibra dentro. Accidenti, mi dico, anche questo è karma. Senza essere la via che porta al Nirvana. È il destino della contraddizione, sento la voce del sax in me e fuori la voce dei televisori che escono dalle finestre. Trasmissioni diverse, ma una sola voce. Sempre quella, senza note, senza temi, senza storia.

Un giorno, esattamente un mattino all'alba, tarda estate, quando il sole sorge fosco, stanco di ripetere ogni 24 ore lo stesso rito del risveglio - con ogni probabilità poggia a terra sempre la stessa luce, come io faccio con il piede destro - butto l'immondizia e trovo nel cassonetto una copia del New York Times. All'angolo di via Togliatti con via De Gasperi. Un incrocio italiano.

"Strana cosa" penso.

Qualcuno doveva essere rientrato da un viaggio oltreoceano o semplicemente ne aveva comperato una copia, forse era abbonato. Forse per lavoro. Forse per esibizionismo. Accantono il ricordo, in attesa di riciclo. Forse servirà, oppure non avrà alcuna attinenza al caso, ma solo alla mia persona. Lo vedrò.

Qui non si sa come uscire dall'aria soffocante, ogni spiraglio è buono per respirare e quel mattino respirai l'odore nauseante dell'immondizia, mischiato al ricordo della carta stampata di fresco mentre osservavo la copia del New York Times unto di olio vergine e bagnato di succo di melone. I semi giallognoli lo punteggiavano come fosse butterato. Il risultato sarebbe stato nauseante se non avessi sentito sbattere una porta con violenza, veniva da una delle villette vicine. Muretto bianco e siepe d'alloro appena rifilata. Sembrava uscita dal negozio di un barbiere e c'era un uomo dai capelli bagnati di gel che apriva il cancelletto pedonale, ma dentro una porta sbatteva e sbatteva. Ripetutamente, come fossero schiaffi alla casa.

E Mary C. era nell'aria, lo sentivo. Al numero civico 5.

Dicono che io non ami le donne, che prediliga il mio sesso per farci l'amore.

Non è così, sono banalmente etero. Semplicemente non ho una grande passione per il sesso. Forse è per questo che ho acuito la sensibilità percettiva. Come una donna. Forse dovrei essere omosessuale, ma poco mi importa. Il mio eros è seguire tracce, sulla terra, nell'aria, nella lava magmatica dell'animo umano. Mi appaga quanto un orgasmo, anche di più. Ho avuto un paio di storie della durata di circa sei mesi, qualche incontro occasionale, ma senza l'alito peccaminoso di locali torbidi e invitanti.

Perché non mi interessa il peccato?

È noioso, ripetitivo, per quanto ci si possa strizzare il cervello per inventarsi qualcosa. Forse un giorno cercherò un amico, come si dice di me. Non ora.

Vivo con passione. Vivo del mio lavoro.

È stato più forte di me, quel mattino, ho suonato al campanello della villetta dove sbattevano porte a ripetizione. Ora c'era silenzio e il cinguettio degli uccelli, l'erba fresca del prato, appena irrigato, la pulizia del marciapiede di fronte alla porta d'ingresso.

"Forse è così che l'uomo deve vivere, nel quotidiano della sua routine, della pulizia, dell'ordine" anche vicino a queste villette c'è un campo da calcio amatoriale, due scivoli e un paio d'altalene, le panchine per i nonni, le tate, le madri.

Mi apre una donna giovane, molto a prima vista, affaccia il viso alla porta semiaperta

"Desidera?"

Una scusa, una scusa… mi ci vuole una scusa. Ho agito d'impulso, come non faccio di norma. Non fa parte del mio lavoro.

Ma è stata una spinta emotiva

"Abita qui Mary C.?"

"Sì, sono io"

Mi piace essere spiazzato dagli eventi, ma questo era troppo. La casualità si stava sostituendo completamente alla mia tradizionale capacità di coordinare principio logico e percezione sensoriale. Niente mi aveva suggerito di suonare. Poteva essere una banale litigata, niente di preoccupante.

Perché suonare?

Il giornale condito con semi di melone, l'odore di carta intrisa d'immondizia, da quella casa non uscivano profumi evocativi, non caffè, né brioches.

"Mi scusi, è un caso di omonimia. Facile del resto. Mary G…"

"Lei aveva detto C., Mary C."

"No no avevo detto G., mi scusi ancora. Del resto è una donna alta magra fino a sembrare anoressica. Bionda, mi risulta, anche se cambiate colore con facilità"

"D'accordo" mi dice la piccola donna" vado a preparare i krapfen per mia figlia, ne è golosa e io sono brava" sorride e chiude. Due mandate. Perché mi ha raccontato dei Krapfen? Per farmi sapere che è una madre?

Ha timore? Bisogna difendersi dagli estranei, non ha tutti i torti ed essere gentile senza far trapelare l'insicurezza è una buona difesa. Allontana.

E io? Se mi fossi visto dall'esterno avrei pensato che mentivo. Ho descritto una donna che era l'opposto della morettina, minuta e pienotta, attraente bambolotta, che mi aveva aperto e che quindi si identificava nell'opposto. Quello che io, Phil, avevo descritto. Facile, troppo. Bassa e in carne, alta e secca, mora-bionda. Facile fino a rivelare la menzogna.

Corrispondeva invece per molti versi a Mary quella di cui possedevo la descrizione, mi sembrava soltanto troppo giovane. Vent'anni in meno o anche più.

Ma non per questo ho mentito.

Il caso che lavora per me incurante di ogni mio sforzo. Non posso accettarlo, non fino in fondo almeno. Ci si aiuta a vicenda, magari. Ma sono io a percepire, scovare e stanare il caso. Non può buttarmi in faccia la sua decisione senza lasciarmi un margine d'azione.

Mentre mi allontano il profumo di krapfen appena sfornati mi chiama a riflettere. È un ricordo, non possono essere quelli della piccola signora Mary. Saranno passati pochi minuti.

È un mio ricordo. Annuso nell'aria un ricordo della morettina che si intreccia al mio.

"Phil, che fai stasera? Sei a cena da noi?"

Io sono Phil, per uno strano scherzo del vento e degli incroci di vite precedenti la mia, mi ritrovo per caso, per sbaglio, fortuna o sfortuna, qui in Italia.

Mi chiamo Phil e vivo in un corpo qualunque, non particolarmente attraente.

Mi chiamo Phil e vesto pacato, ho l'aspetto di un impiegato di banca, di un assicuratore.

Potrei essere un commercialista o un medico di base che compila ricette.

Però mi chiamo Phil sono nato sulle sponde del Pacifico e un tornado mi ha rapito, sollevandomi mi ha catapultato su questa pianura traversata dal Po. Si fa per dire, ho una storia normale alle spalle con genitori che si dividono alla mia nascita e mia madre che scappa con un italiano. Di mio padre, russo d'origine, non ho saputo più nulla.

Strano caso. Sono stato io, è stata la mia nascita a rompere il loro legame?

Posso chiedermelo e ragionarci. Sarebbe lecito, ma non esagero, in fondo la mia vita è cominciata qui. Lombardia, pianura, Lodi, Pavia.

E non sono figlio di Satana.

Figlio di nessuno, questo sì.

Figlio dei miei amati DVD in bianco e nero, di un bicchiere di whisky, dei farmaci buttati nell'immondizia. Figlio di un sogno che i più chiamerebbero malattia.

Comunque questa non è la mia storia, ma la storia di un caso, quello di Mary C. scomparsa da qualche anno.

Ho compresso dentro di me l'attimo in cui ho visto spazi sconfinati, strade nel deserto, progetti che cavalcano nella prateria. Ribelli, arroganti, assetati e affamati di vita, di rischio e di paura, di conquista; la genetica agisce in sordina, non urla e non strepita.

Chissà, sarei stato un altro Phil, ma sono Phil che cresce sulle rovine di un mondo piccolo, liofilizzato di civiltà mal conservata a cui non basta un mare fra le terre per tornare a vivere. E neppure il freddo della Russia, l'acqua dei fiumi sempre placida, le pianure distese fino a lambire l'oriente. Certo, dentro di me la genetica avrà da dire qualcosa anche a questo proposito, ma il Karma non è solamente una doppia elica, che combina abbinamenti casuali.

Qui ormai piove poco, procede la desertificazione e la terra arida nutre coltivazioni asfittiche. Hanno il loro fascino. Il fascino dell'ostinazione a stare in vita malconce e avvizzite. Come quelle vecchie cattive che durano cent'anni e insultano sottovoce le ragazze in minigonna. Stanno in vita per invidia, per distruggere il desiderio. Stanno in vita per intolleranza, per erodere il terreno e rubare l'ultimo cibo a chi avrebbe la forza e la voglia di abbattere il muro dell'impossibile.

Stringi stringi funziona così, si lotta per rubarsi la vita, quasi al mondo esistesse la possibilità di un tot che non conosciamo e non ci sta dentro altro. Bisogna rubare l'aria, minare il perimetro del proprio spazio vitale. Io mi ritengo un voyeur di tutte le battaglie cruente, latenti, sotterranee o emerse ed evidenti. Per questo ho fatto il detective. Per spirito speculativo.

D'altro canto per qualche assurdo meccanismo della psiche mi scavo una tana in un buco e sprofondo tranquillo. Sono diventato pigro come questa terra, ho sviluppato il culto del sogno inespresso.

Sono depresso e pacato, ma cavalco la mente e le sue congetture.

Sono un detective in un posto sbagliato e faccio quello che posso, ma il caso di Mary C. mi prende ogni ora del tempo che passo dal mattino alla sera. Nella notte dormo. Come tutti.

Torno dalla cena a casa del collega, è notte. Si cena tardi qui e ci si rivolta nel letto. Cucina bene la signora, appetitoso, ma il condimento è eccessivo.

Sono un uomo che va contromano e mi scontro con i muri invisibili. Eppure il limite diventa la mia forza. A ogni impatto mi frantumo in tanti Phil e incontro percorsi che avrei ignorato se fossi andato dritto per la mia strada.

Devo tornare da Mary C.

Tenere d'occhio quella casa.

Il mattino seguente sono nelle vicinanze della villetta. Una breve schiera, intervallata da un prato, un'altra schiera e, disassata, ancora un'altra.

L'aria è fulligginosa. Io indosso una camicia rigata, maniche rivoltate fino al gomito.

Ho detto al capo che ho trovato Mary C., ma lui è scettico.

"Voglio le prove che sia veramente lei, quella di cui si sono perse le tracce".

Il silenzio è noioso come la fuliggine sospesa nella foschia dell'estate. Niente di tragico. Tutto tranquillo e monotono, come deve essere da queste parti.

"Forse è giusto così" rimugino "giusto che si viva nella ripetizione di ogni giorno uguale al precedente. Dà sicurezza, dicono".

Ogni mattina esce quello che suppongo sia il marito. Niente sbatter di porte. Solo un silenzio innaturale. Come se qualcuno avesse spento l'audio o le onde sonore non si propagassero più.

Non ho idea di come avvicinarla, ripiegherò sulle indagini d'ufficio. Anagrafe e via dicendo. Inutili, penso, perché è lei la Mary che cerco.

Lo sento, anche risultasse che neppure si chiama Mary, anche se dovrebbe avere almeno vent'anni in più.

Eppure non so come avvicinarla.

Non posso passare qui ogni giorno che dio mi manda.

Forse rinuncio.

Eppure se lei passa, avvenente e rotondetta e mi dice "Buongiorno" proprio mentre il mio pensiero sta per portarmi a dimenticare il caso, allora un'altra volta il caso mi spiazza e mi si mette davanti.

Non mollare.

Mary si ferma e si volta

"Un giorno le voglio parlare" mi dice.

"Certo, quando vuole" e le lascio un biglietto da visita con il recapito dell'ufficio.

Mia madre mi preparava i krapfen alla marmellata per merenda.

Abitavamo in un edificio bianco e verde, che si affacciava e si affaccia tuttora a una piazza di Pavia.

Sembrava fragile come un castello di sabbia che asciuga al sole e, piano, si frattura, poi si sgretola. Il giorno seguente gli manca una torre e le mura di cinta sono erose. Dai un calcio e lo abbatti per rifarlo, più bello, più grande. Quel condominio mi ha dato un senso di precarietà. Mi sentivo figlio di nessuno, vivevo in una casa posticcia. Per questo me ne volevo andare, per cercare il mio posto, quello che poteva calzarmi meglio. Non era ribellione, né contrasto generazionale, cercavo la mia terra, che fosse anche una via qualunque, che fosse un appartamento con i muri di mattoni e le colonne portanti in cemento armato. E senza scarafaggi. Ce n'erano di giganteschi in quella casa.

Il profumo dei krapfen si diffondeva nel tempo, ogni giorno cresceva e mi portava dove non pensavo di andare. Indietro, molto indietro. Prima che io annusassi la marmellata di ciliegie che usciva da una fessura. Calda fino a scottare.

Mary C. non arriva, aspetto in ufficio, tra pratiche vecchie e pensieri arditi. Mi sto spingendo avanti con la fantasia e non lo devo fare. Non posso inventare.

Intanto osservo il mio collega, lavora nell'ufficio accanto. O meglio lo spio.

È alto, spalle larghe, mascella pronunciata. La barba di due giorni. Sempre. Tenuta come i praticelli delle villette, rasata la giusta misura per essere per bene. O per essere intrigante.

Ma ha quel nome, Pietro, così antico, fa pensare alla città di Petra.

Non solo assonanza, vedo l'arenaria, i granelli di sabbia che si depositano uno sull'altro, la roccia friabile e stratificata, le tombe scavate nei canaloni, cosa c'entra tutto questo con un piacioso detective che sembra faccia strage di donne?

Nome sbagliato. In intimità lo chiameranno cucciolo o leprotto, non si può mugolare il nome di Pietro facendo l'amore. Sembra blasfemo. Se fossi in lui mi farei chiamare Peter.

Eppure dentro quei pantaloni deve essere dotato al punto giusto.

Penso di invidiarlo, penso di desiderarlo. Vorrei amare le donne come sa fare lui, vorrei essere una donna per essere amata da lui. Per il resto, non vale molto. Cerca di sembrare quello che non è, quindi è un mediocre, che dovrebbe vestire di grigio, rasarsi e somigliarmi. Forse un giorno mi farò avanti, per capire chi è veramente dentro il guscio di metrosexual provinciale.

Spio i suoi pantaloni blu. Cerco di capire.

Poi lo penso con la sua attuale amante. Scattante, muscolare. Metrosexual anche lei, ma di classe. E che classe, femmina pantera, femmina che ti illudi di possedere ma è lei che ti possiede. È una donna che ti prende i visceri e il cervello e diventa pulsante come sangue e ossessione. Mi fa impazzire.

In realtà vorrei essere lui, per avere lei. Molto semplice.

Ho altro da fare ora.

Decido per fare un giro all'ufficio anagrafe e accedere ai dati di quella Mary C, per distrarmi da un pensiero inutile. Un pensiero che si faceva insidioso, strisciante e venefico.

Torno dopo aver guadagnato un primo passo, ma all'indietro. Al n. 5 di via Aldo Moro abita una certa Patrizia sposata con un tale di nome Eugenio F.

Perché mi ha detto di essere lei Mary C.?

Salgo in ufficio per le scale, pensando a quando e se verrà a parlarmi.

Il metrosexual mi apre prima che lo faccia io.

"Ti stavo aspettando" mi dice con quell'accenno di balbettio che provoca l'istinto materno "ha telefonato un tizio, che cercava di te. Era insistente".

"Nome, numero?"

"No"

"Tante grazie. Non hai cercato di sapere di più?"

"No, volevo che si sentisse libero E non indagato. Non volevo percepisse diffidenza"

"Ok"

Non ha torto, non è stupido in fondo.

Mi avvisa che se ne va, ha finito.

Io metto a posto i dati di questa Patrizia e del marito, poi me ne andrò a casa.

So che squillerà, lo guardo e aspetto poco più di un minuto.

"Detective Phil C."

"A quanti passi è dalla morte? Me lo dica." Riaggancia.

Sono un detective privato nell'animo anche se faccio parte della polizia di stato, porto avanti due livelli di indagine: quello ufficiale e il mio, quello intimo, che gestisco come mi pare. Nessuno lo condivide, sovente è quello che mi porta alla soluzione.

Mi chiamo Phil Cooper perché porto il nome di un padre che non ho conosciuto.

Sono nato negli States. Oregon, un rapido passaggio, come in una nursery.

Forse una decina di giorni e poi non so. Ho preso conoscenza del mondo in Italia.

Mia madre deve essere stata un frullato d'ormoni, per scappare con un altro uomo e un neonato in braccio. Oppure, chissà.

Sono nato nella calma piatte delle risaie, fra le strade dritte, sterrate, i filari di pioppi sui lati. Sono cresciuto in una geometria facile, dove poco succede e non scuote.

Si riteneva la pianura padana immune o quasi da terremoti, in realtà si confondeva la geologia con un panorama inamovibile. Nessuno poteva immaginarla sottosopra. Ma non è così, i terremoti rombano sotto i piedi, strisciano nel terreno alluvionale, prima o poi esplodono. Porto dentro l'impronta delle steppe, del freddo che non conosco, di anime ignote che mi hanno lasciato un ricordo senza memoria.

Potevo riderci sopra al fatto che sono finito qui per sentirmi chiedere da una voce sconosciuta, all'altro capo del filo, se so di essere a pochi passi dalla morte?

Penso di si, lo definirei uno scherzo, ma perché proprio a me e da chi proveniva quella voce maschile di cui non riuscivo a definir il tono, l'età, le intenzioni?

Poi, d'un botto, l'idea: il marito di Patrizia.

Mi avrà visto in zona più volte. È geloso e forse la cosa mi gratifica.

Nella notte c'è vento. Porta un'aria fredda che mi fa rabbrividire. La finestra aperta mi tiene sempre in contatto con l'esterno. Anche mentre dormo.

Nella notte dormo e quella notte dormivo, sentendo l'aria cambiare.

Mi sveglio a metà notte con negli occhi l'immagine di una donna longilinea, dall'incedere elegante, lunghi capelli scuri, ondulati, vestito fino alle caviglie, sbracciata. Le braccia di una dea di altre terre. Cammina nella strada su cui si affaccia la caserma Bixio. Meglio su cui si affacciava. Ora penso siano uffici dell'università.

70

Sono certo che è una vecchia foto, di qualche decennio prima e che ho conosciuto, la donna elegante che la stava percorrendo.

Sono certo anche di un'altra cosa: qualcuno ha assassinato Patrizia.

Mentre dormivo, sognavo e ascoltavo il vento, ho intuito il significato della frase che mi è stata detta al telefono.

I passi dalla morte non erano i miei, ma quelli di Patrizia.

Scendo e salgo in auto, devo attraversare la città, i miei movimenti sono precisi, né lenti, né veloci come fossi arrivato alla rivelazione.

"Da qui non si scappa sono sulla strada giusta" pensavo e guidavo.

Vado solo, in fondo seguo un sogno, ma con la certezza intima di trovare la piccola donna rovesciata sul pavimento, la faccia al pavimento, un coltello nella schiena o un buco di proiettile tra le scapole. Spero solo di non trovarla agonizzante. Lo spero.

Percorro la strada col pensiero impegnato a cogliere squarci rivelatori nella mia capacità di rivivere fatti che non ho visto, ma solo intuito.

La strada è sempre la stessa, il traffico zero.

L'auto rallenta progressivamente mentre io premo sull'acceleratore con forza, sembra contraddire i miei comandi.

Lentamente si ferma dopo avere estinto la velocità, scivolando allontanando il rumore del motore, sembra morta.

"Cazzo, non ci voleva"

Che faccio?

Proseguo a piedi, sono quasi alla riva del fiume, posso arrivarci tranquillamente a piedi.

Fatico ad aprire la portiera, è come se una pressione in senso opposto me lo impedisse. Come se volesse tenermi prigioniero nell'abitacolo. I vetri non scorrono, non possono scorrere, l'auto è bloccata.

Non so come fare, ma inizio a pensare che se non arriva qualcuno a soccorrermi, potrei morire di asfissia.

Eppure non ho paura, né sento disagio, vedo una riva sola del fiume, la più vicina, sento una nuvola che mi solleva, il sonno che mi avvolge, vorrei dormire... sì, lo vorrei, ma la porta si apre come se improvvisamente la forza della pressione interna avesse avuto la meglio.

L'aria è fresca e umida, la luce scioglie la foschia o la foschia la luce, dipende. Dipende sempre da come si leggono i fatti. Dal punto di partenza, dal bisogno di interpretare che mi solletica costantemente il cervello.

Ora respiro e vedo chiaro, ma vedo un ponte provvisorio e le rovine del ponte vecchio.

Un tizio mi fa cenno di passare pure, se voglio.

Mi faccio sempre molte domande, tranne quando il caso mi spiazza. A quel punto non c'è da domandarsi più niente.

Dove sono e perché lo saprò in seguito o non lo saprò mai.

Conosco però la mia meta e mi dirigo verso la periferia tempestata di villette.

Qualcosa è successo e ogni tassello mi porta dove devo arrivare.

Arrivo a una porta, deve essere quella d'ingresso della villetta dove abita Pat o Mary, o un'altra donna ancora. La ricordo esattamente così. Basta ruotare la maniglia e si apre.

Ma si apre su una notte in periferia, sui campi incolti e aridi di un Agosto inoltrato. C'è afa. C'è puzza, come se fossi vicino a una discarica.

Luce zero.

Io sono Phil, sto indagando su un caso che mi hanno affidato, il caso di una certa Mary C., scomparsa da tempo. Questa è una certezza, come il fatto che io sia un detective.

A volte me lo ripeto, perché arrivo a dubitare che il caso sia esistente, a volte penso di essere affetto da un'alterazione della personalità che mi porta a seguire un caso che non mi compete, forse letto chissà dove e chissà quando, e di esserne rimasto suggestionato fino a perdermi dietro un'indagine onirica. Eppure ho un lavoro, non mi hanno licenziato e provo una latente, subdola invidia per il mio collega e per la sua amante.

Tutto ciò è reale, quindi lavoro e non sono un caso clinico. Sono un essere umano con un buon q.i., invidia, indifferenza, istinto e conflitto come ogni essere umano. Una storia personale lineare, se non si tiene conto delle mie origini, che tuttora mi sfuggono. A volte mi domando se sono anaffettivo. Mi rispondo che sono solo da sempre e non so chi amare. Ho dovuto imparare ad amare me stesso ed è già molto.

Sto bene con me? Ci convivo, anche se soffro di una forma d'epilessia sotto controllo. I farmaci sono efficaci. Valproato 2 volte al giorno, stabilizzatore dell'umore per una patologia che qualcuno potrebbe definire interessante.

EPILESSIA CON FENOMENI ESPERIENZIALI.

In questo momento sono un uomo che si trova in un campo di periferia, incolto, non illuminato se non dalla luce lunare, c'è pure un velo leggero steso in cielo, che offusca la visibilità. Mi oriento usando l'olfatto e l'udito, il miagolio di un gatto, l'opprimente odore di carne nutrimento di larve e d'insetti. Inconfondibile.

Cammino pensando di incontrare un cadavere d'animale, forse un cane, morto in un combattimento territoriale. Abbandonato dal padrone, randagio, come potrei essere io se non avessi la lucidità che possiedo. È un dono della malattia, ho dovuto imparare a gestire l'imprevedibile e niente più mi sconvolge.

So che da un secondo all'altro un ostacolo incontrerà la mia scarpa. Ma non succede.

Vedo invece delinearsi una strada, diritta, che delimita i campi. Una piccola *station-vagon* rallenta. L'interno si illumina, scende una figura con ogni probabilità maschile, apre la portiera del passeggero e afferra qualcuno per un braccio. Non oppone resistenza. Lo estrae senza troppa fatica, lo trascina nel campo come fosse un sacco. Lo abbandona, sale in auto e riparte.

Sono convinto di avere superato il centro abitato senza rendermene conto e sono convinto di una realtà che si definisce inaccettabile, ma in qualità di detective non mi stupisce.

Quella è una donna quella è Pat.

Mi avvicino, la vedo delinearsi ombra su ombra, riconosco il corpo nella posizione scomposta di un morto abbandonato come un sacco d'immondizia, il corpo in carne, il seno prorompente. Fino a che acquista il vago colore della terra, della cera, del sangue sulla camicia squarciata da una lama. Mi abbasso, il corpo è silenzio. Non batte, non scorre, non muove, né alita o sussulta. Si chiama decesso, deceduta nella notte. Allungo una mano a carezzarle il viso, perché si può riservare anche a un cadavere l'ultima tenerezza.

Provo attrazione verso quel corpo, un desiderio che mai avevo sentito. Desiderio il di riscatto di me stesso e di quella povera donna.

Per la prima volta rivendico il piacere del sesso e della vita di fronte a lei, morta così giovane e probabilmente prigioniera di una casa al profumo di krapfen indifferenza e di violenza.

Ne sono convinto, per lo meno violenza psicologica, subdola come un veleno che paralizza lentamente fino a trasformare in un ruolo, in una bambola senza privato emotivo e senza pulsioni. Sfociato in atto criminale, perché niente si possiede mai abbastanza, nemmeno un oggetto, alla fine lo si vuole distruggere, smontare. Come fa un bambino col suo giocattolo, perché un oggetto non può essere solo oggetto, deve darti qualcosa, stare al tuo gioco, ma se rimane inerme e passivo, di fronte alla fantasia che si inaridisce, non serve più, lo si butta facendolo a pezzi. Lo si uccide. Come questa donna, impastata di krapfen e paura, ansia e insicurezza.

"Che sto facendo della mia vita?" mi domando. "Che ne ha fatto lei? E gli altri, cosa ne hanno fatto se non distruggerla?"

Le sfioro il seno, capisco perché si ha voglia di fare l'amore. Il contatto con un corpo che vive, trasfusione d'energia da corpo a corpo, non c'è niente di meccanico in tutto ciò, c'è un desiderio di non finire chiusi in un solo corpo e in un solo cervello.

La guardo e mi accorgo che non è Pat-Mary C. la donna cadavere distesa su un prato.

È sottile, elegante, braccia lunghe come una dea e comunque squarciata e violata, cerea e morta con gli occhi sbarrati sul mondo. Forse incredula.

Ho visto quella figura, la conosco ma non ricordo, non ricordo, mentre sfuma la periferia e mi trovo nella doccia mentre apro il getto dell'acqua. Devo andare in ufficio.

Ho mal di testa e sono stanco, confuso come se il mio bagno si fondesse con la strada, l'ufficio, le villette a schiera disassate.

Mi viene il sospetto di avere dimenticato i farmaci, ieri sera.

Le immagini si sovrappongono mescolandosi vedo il mio collega sovrapposto all'ingresso della villetta dove abita Pat, un ponte che scivola sulla mia strada, il mio passo calmo che uniformante accelera, sono affaticato.

Non serve che conti le pastiglie per sapere se ho dimenticato, non ricordo quante ne erano rimaste e non tengo il conto.

Non ricordo la notte, né il risveglio.

Nina, si chiama Nina la donna che ho visto in sogno e camminava verso il fiume, scendendo per via Foscolo, costeggiando la caserma. Aveva dentro gli occhi la notte del tempo, una pace rassegnata. Mi ha guardato in faccia diretta, ha accennato ad aprire la bocca. Io salivo per la stessa strada, eppure non l'ho incrociata sono passato dentro la sua persona. Ho proseguito.

Faceva caldo, la mattina del giorno seguente. La città pesava sulle spalle e me la dovevo portare addosso con la fatica muscolare di uno scaricatore di merci.

Lavorare in ufficio significa aria condizionata, respiro leggero.

Appena entro il mio collega mi fa cenno col capo, come fa un detective.

Davanti alla mia scrivania, la donna della villetta a schiera, afflosciata sulla sedia.

"Ho paura detective, paura - paura - paura"

Guardava davanti a sé un punto fisso sembrava volesse ipnotizzarsi per fermare la paura. Aveva gli occhi sbarrati, senza espressione.

È in quel punto, solo in quel punto-voleva convincersene.

E poi

"Scaccia la paura, scaccia la paura, scaccia - scaccia - scaccia"

Era un mantra che ripeteva.

Poi mi fissò come fissava il punto della paura, ma gli occhi erano tristi, gonfi di lacrime. Mi chiedeva aiuto mentre ripeteva ancora

"Ho paura"

Un detective interviene sempre con un

"Si calmi, signora" lo feci anch'io, perché non c'è altro da dire.

"E racconti" così ho fatto.

"Mio marito mi odia"

La nebbia oggi ci tiene freddo.

Questa notte ho sognato coordinate che si muovevano su una cartina muta, il globo schiacciato e stirato, i continenti disegnati nei loro contorni senza pieghe senza monti. Davanti a me sullo schermo di un computer. Paralleli e meridiani si fer mavano, formavano eliche e latzi, roteavano a velocità rallentata cercando un punto che io non conoscevo. Un rodeo con la terra.

La nebbia confonde e intirizzisce, nasconde la fine dell'estate e ti schiaffeggia il viso per svegliarti dai languori di Settembre.

Ora passo a fare colazione e poi in ufficio.

Accendo il computer. Ho sognato una donna che ingoiava cibo senza tregua, lo stipava nel suo piccolo stomaco e si gonfiava, ingrassava, il grasso si distribuiva ad anelli sul suo corpo, nascondendo le curve, mascherando i fianchi e il seno. La donna nel sogno mi ha visto, Ero nella sua cucina si è messa a urlare e non smetteva, non smetteva.

"Patrizia, la smetta!" Gridavo.

Lei si ferma, mi guarda

"Non sono Patrizia."

E crolla sul pavimento, sembra svenuta.

Sembra in trance.

Alana è la segretaria del nostro ufficio, pallida come il cielo di una città dell'est europeo. Stanca, ma ubbidiente. Ogni cosa le si chieda, lei lo esegue. Un'abitudine secolare a piegare il capo e andare avanti, ubbidire alla steppa, alle albe timide della memoria.

Le ho assegnato un elenco di ricerche da assolvere. Lei si muove bene negli uffici, fra certificati, autorizzazioni e burocrazia. Indagini. Ricerche. Ha pazienza.

Io mi gusto ancora il sapore del *muffin* ai mirtilli che si va dileguando.

Sono arrivato in ospedale.

Chiedo informazioni e mi fanno entrare nella stanza della donna.

Si sta riprendendo, dopo avere tentato il suicidio. Se 2+2=4, doveva finire così.

"Buongiorno Phil" parla stentando a recuperare l'aria sufficiente

Il suicidio è un'azione piccola, come quelle che si compiono
tutti i giorni, accendere il fuoco sotto una pentola, rimboccare il letto. È semplice più di quanto si pensi. Nessun urlo, ho
urlato quanto basta, nessuna necessità di attirare l'attenzione.
Nessuno me l'avrebbe data, perché così è stato nella mia vita.
È un gesto, che importanza ha un gesto?

Mary C. aveva le guance gonfie di liquido, la trasparenza di
una medusa, Il collo fasciato, aghi inseriti nelle vene del dorso
della mano sinistra. Livida l'altra.

Di fianco al letto in piedi la vecchia vicina, quella dei gatti.

E Io Phil, in fondo. Ai piedi del letto composto. Non sapendo cosa fare, cosa dire, lancio l'occhio alla vecchia.

Lei coglie

"Dio non vuole, Mary…"

Dio.

Fuori un vento nuovo cavalca gli alberi e li doma.

È un vento che spazza e chiarisce. Ora vedo la confusione di-
radarsi. È una traccia finalmente.

"Chissà il giardino!" commenta la vecchia mi saluta e va.

Oltre la porta di quella stanza c'è un mondo a varie dimensioni. Dipende.

Sembra piccolo il mondo della donna dei gatti, generazioni di gatti.

"Quante ne ho viste passare" mi aveva detto.

Eppure non è mai così, il mondo si stringe mano a mano che
si invecchia, io credo.

…"Sono caduta nell'inganno dei pazzi, nata in un manicomio, ho visto come prima immagine volti deformi sofferti
emaciati. Nessuno mi parlava, l'indifferenza ha risposto al mio
primo sorriso. Bambini irrecuperabili, vengono definiti. Bambini delusi convinti che il freddo sia nell'anima altrui.

Sono diventata di ghiaccio.

I suoni giravano intorno ma io sentivo solo un canto che mi rapiva come la forza di gravità. E mi portava lontano.

Sirena e sirene. Fuori l'urlo dei ricoverati, il sibilo del pericolo. Dentro l'onda lunga della non-vita."

Mary aveva raccontato qualcosa di simile allo psichiatra chiamato per un consulto, mano a mano che riprendeva le funzioni vitali. Quando ripartì la parola aveva detto che la sua storia era la storia di una vita penosa. Mi hanno chiesto di fare ricerche sulla sua famiglia d'origine, lo farò anche se sono certo che tutto sia molto più ovvio. In apparenza per lo meno. Ma so per primo che la storia di ognuno a tempi inimmaginabili per le nostre esistenze brevi, composte da qualche decina di anni. So che per quanto possa raccogliere informazioni il karma di quella povera donna è antico di secoli.

"Forse un Mantra ti salverà." Le dico.

Esco dalla stanza, regalandole il suo destino.

Ognuno di noi è una parte del destino degli altri. Il mio turno è finito.

Quando lo tieni in un pugno, stretto fra le falangi deformi, quando tremi perché sei stanco allora apri il pugno e non c'è più niente. Così pare per lo meno. È la fine di un ciclo e poi tutto ricomincia.

Mi è sempre sembrata la storia dell'uomo e dell'universo.

Prima di Mary e negli anni di Mary c'è lo spazio per molte dimensioni. Le sue - le altre. Ma la vecchia, non so, lei è solo una testimone in questa indagine.

Conosco la storia, è sempre la stessa. Sale fino a tracimare nel circondario è la confusione che mi porta alla verità. Coinvolge e trasforma fa a pezzi la mia lucidità, produce violenza, danni e io cerco di pensare con calma, ragiono. Ma so in partenza che non può funzionare finché il vento non inalbera la confusione come fosse una vela.

Ora viaggio senza bussola e so dove andare.

La donna dell'ospedale era Mary.

Avevo ragione, Mary C.

Patrizia non esisteva.

Sono un detective come un altro, fra le pieghe del mio stereotipo, ho anch'io i miei vizi. Quando posso bevo. In realtà non potrei mai. Gli anti-epilettici fanno a pugni con l'alcool. Quando so che il giorno seguente non lavoro, mi chiudo in casa e bevo davanti a un buon thriller in bianco e nero. I piedi incrociati sul tavolino in cristallo fumé, non mi tolgo le scarpe e tengo in mano un bicchiere di whisky senza ghiaccio.

Mi godo il mondo black and white.

Quando piove senza esagerare, raggiungo il massimo del piacere.

Allora voglio una donna. Che sia minuta e mora, io prediligo le orientali. Che giochi leggero, il gioco pesante che mi prende la mano quando inizio la partita, inconsapevole di me stesso.

Fino a quando la mano vince e si prende il cervello.

Allora è lei, la donna che pago, quella che deve sapere il suo mestiere e gestire l'estratto d'istinto e pensiero, che viaggia forte, incurante di dove può schiantarsi.

Oggi è estate e non piove, ma ho voglia di whisky e domani non lavoro.

Fa caldo e si suda e il buio sulla città non è notte. Tempesta in arrivo. Non si può mai sapere se cambia strada e ci evita, ma qualcosa mi sale dal petto alla gola.

Si chiama voglia, lo ammetto.

Una voce sventola il suono di poche parole intorno alla mia testa

"Volevo fare la puttana, voleva farmi toccare da mani sconosciute. Due, quattro dieci, volevo sentirmi una dea, volevo sentirmi una schiava." lo ripeteva roteando come un vortice e io non capivo cosa volesse dirmi in realtà.

Fino a quando trovo sotto casa una donna mora e tornita, mi sorride.

È sera, neppure tardi, saranno le 22 o giù di lì.

Sotto casa a quell'ora. Insolito e inspiegabile. Ma la saggezza mi dice che spiegare è superfluo.

"Sale?" le chiedo.

Accenna un consenso.

"Dove va?" sono galante, piace di solito.

Dove vado io, mi dice.

Ok, ci siamo capiti.

Quando mi trovo davanti il suo seno nudo e procace, ho un attimo di sconcerto. Adoro i seni piccoli, infantili. Mi infastidisce, ritraggo la mano e vedo i suoi occhi tristi. Mi faccio coraggio, lo tocco, lo sfioro. Il suo sguardo si illumina. Non so se saprà reggere il gioco. Abbiamo davanti una notte, pago bene e non voglio sapere il suo nome.

La mattina mi sveglio sul pavimento, la testa fa male. La nuca soprattutto, come se avessi sbattuto con forza. Esco da un'aura di ritorno. La definisco così. C'è un'aura d'ingresso che allontana e isola. Ha il volto del mistero e lo stordimento di una pozione magica appena bevuta. C'è un'aura di ritorno, stordita e indecisa, come dopo una sbronza. Così capisco di avere avuto una crisi.

La porta è aperta. Fatico a concentrare il pensiero sulle ore precedenti. La prima certezza è che ho dimenticato la pastiglia e ho bevuto almeno un bicchiere di whisky. Ora la stanza ha i colori cupi di un mattino d'estate in cui il cielo è buio per la tempesta in arrivo e vivi in un appartamento affossato, deposto sul fondo di un vicolo medioevale. Ti pare che qualcuno abbia scavato una fossa per i residenti.

Posso dormire tutto il giorno.

Penso mi rimanga solo un nodo da sciogliere, la donna dell'incidente, scaraventata in un fosso da un assassino. Non uno, ma due, se ci penso. La donna che cammina per via Foscolo, elegante nell'incedere, aristocratica nelle movenze, semplice nell'abito. Una dea. Convinto che si chiamasse Nina, ma non posso dire di averne le prove. Nina è un gesto, un accenno di suono, ma non ho sentito parole. Nina è un ricordo, un'immagine, un fantasma che si lascia attraversare. Eppure Nina è importante, decisiva per sciogliere i nodi della mia indagine.

L'ho trovata morta sul ciglio della strada, proprio la notte in cui cercavo di salvare Patrizia.

Oggi mi tocca andare in ufficio. Pratiche da sbrigare, routine e quel collega che mi guarda dall'alto delle sue spalle atletiche. E poi sentirlo chiacchierare sottovoce con chissà chi e capire che cornifica pure quella specie di pantera vestita da donna che ha come amante. Una donna così va adorata, ci si deve genuflettere al potere della sua ferina sensualità. Ma lui è un cretino.

Terminato l'accesso di invidia, mi metterò a lavorare, parlerò con Alana e si vedrà.

Cercherò di sapere come sta Patrizia, se è tornata a casa, cercherò le tracce di Nina.

Niente è mai invenzione pura.

Penso di avere visto una foto di quella donna, è plausibile. Per il resto non ho informazioni.

Non mi rimane che cercare di ricordare, forare la logica, la memoria semplice, bucare il tempo e andare oltre, indietro fino a che la mia malattia mi potrà aiutare.

Non ne conosco il limite, neppure i medici lo sanno. E quel ponte che si slancia oltre il tempo senza sostegno architettonico, crea diffidenza.

Né affidabile, né attendibile.

Hanno ragione.

Io so che invece è una traccia che mi conduce a un sentiero e lo percorrerò.

Intanto è già inverno, un inverno sporco di inquinamento, trasandato.

Il mio collega metro-sexual ha perso smalto e da tempo non lo vedo con la sua amante.

"Ci si vede per fare sesso più che altro" amava sottolinearlo, perché niente per lui era importante. Tantomeno una persona.

Io continuo a passare per la strada dove camminava Nina. Ogni giorno e più volte se posso. Eppure niente. Non sento, non vedo.

Troppo sporco questo inverno, appanna i sensi.

Mi sto curando, forse è questo l'errore. Manco di coraggio, perché qui tra queste strade non è più tempo di coraggio. Anche i polizieschi sono impilati sul tavoli, tra TV e divano, e sonnecchiano.

Nessun caso interessante, niente stimoli.

"Ma dov'è finita la pantera che usciva con Peter?"

Si vedeva per la strada, un tempo.

Non si poteva fare a meno di guardarla, con quel passo elegante, da modella e lo sguardo che sembrava guardarti e neppure ti vedeva.

"Il fascino della miopia" pensavo quando la incrociavo.

Forse dovrei fare un salto in biblioteca e spulciare libri di vecchie immagini.

Ma cosa dico?

Non è così che lavoro.

Intanto l'aria non parla e il cervello non risponde.

Ma cosa aspetto sotto questa nebbia a metà che vorrebbe nascondere ma teme di esagerare e rimane a metà.

Si dice che in provincia non succeda mai niente, ed è vero. Per questo amo la mia epilessia. Questa sera al diavolo la pastiglia.

Rientro in casa e riaccendo il cellulare, era spento per essere in sintonia con l'atmosfera. Lo appoggio al tavoli e mi prendo un bicchiere, lancio un'occhiata alla pila di DVD e vedo una raffica di avvisi di chiamata.

Guardo e corro alla caserma di polizia.

Sono in strada affretto il passo per raggiungere l'auto.

I cani latrano. Sono i primi a uscire dal silenzio ovattato della stasi.

Non ricordavo di avere sentito latrati del genere. Rabbia e reazione. Mi domando cosa abbia percepito l'istinto animale che si era sopito.

Dovrei avere raggiunto l'auto.

Non è qui.

Inverto il cammino.

Dove l'ho parcheggiata?

Sarà dalla parte opposta.

Corro fino a essere trafelato.

Crollo.

Io ho già vissuto questo momento. Ho vissuto la somma di ogni momento, ho visto, percepito, ascoltato il latrare di cani e un ululato che tentava di mascherare urla umane.

Dove sono?

Sono qui, ora. Eppure si aggiunge uno spazio, il tempo fa capriole. Sono qui e sono altrove.

La mia faccia - il mio passo, ogni gesto ha un significato diverso.

Ora è sonno.

Ho bisogno di dormire.

Mi capita di aprire gli occhi e non sapere dove sono.

Ma oggi sono dove non ricordo di essere stato. Una grande vetrata che spazia sul cielo di piombo e di neve. Schiuma bianca di nuvole sulla tavola grigio-ferro lastricata sopra la città. E non ricordo. Camminare per quelle strade giù in fondo dev'essere angosciante, al solo pensiero divento claustrofobico.

Mi alzo dal divano in pelle colore di gelato alla vaniglia, comodo e morbido come un letto di crema. Ci ho dormito si capisce dall'impronta che ho lasciato. È stato il nido della mia non-coscienza, la cuccia di un sonno malato.

Cuscini argento e viola, tappeto nero. Mi guardo in giro una stanza sovradimensionata. Pochi i mobili, così lontani da dove sono io.

Devo avere avuto una brutta crisi le dimensioni sono alterate, la visione falsata da effetti neuro epilettici. Ma non si spiega il fatto di trovarmi in quell'appartamento in una città che a prima vista somiglia a New York, uno *skyline* sulla città dalla vetrata. Giù le strade devono essere congestionate, da quel che ne so è sempre così.

Giro per l'appartamento fatto di poco altro, un'enorme camera da letto e su una parete un arazzo con colori vivaci e disegni minuti. Un mandala che viene usato come tiro a segno da chi abita il *loft* affacciato sulle nuvole.

Perché un mandala usato come tiro a segno? Ignoranza o sfida?

Stavo pensando di essere finito in un film, uno di quelli impilati sul mio tavolino di cristallo nel mio angusto rifugio di una città angusta, in una via stretta e deserta, incanalata a forza fra costruzioni medioevali e fatiscenti. Lo pensavo, ma ora quel mandala con le freccette conficcate come fosse un San Sebastiano, mi fa sentire sotto attacco.

Non so se andarmene o restare, aspettando che qualcuno rientri.

Non sono esente da una certa titubanza, che chiamerei sottile paura dell'ignoto. Non ho le mie medicine e neppure so cosa può succedermi.

Guardo il Mandala ferito e dissacrato. Cosa esiste di sacro in un Mandala? Mi domando. La vita, rispondo. L'accettazione, la totalità che non chiede di essere spiegata.

In questo caso io voglio spiegare, o almeno tentare di capire. Capire l'agire umano o il significato di quelle freccette conficcate sull'eterno. Chi le ha conficcate mi voleva far sapere qualcosa.

Apro l'unico armadio, si mimetizza in una parete tanto da fare fatica a individuarlo.

Vuoto.

I pochi cassetti, vuoti.

Non esistono testimonianze di presenza umana.

Ora quel Mandala è sospeso nel vuoto. Appeso sulla testa di milioni di persone che non lo sanno. Non è pace, né armonia. Le freccette hanno lo scopo di distruggere un simbolo. Di questo sono convinto.

Come sono certo che non sia stato un essere umano a tirare freccette e colpire.

Il gioco si fa pesante ed è una partita.

La solita partita di scacchi fra l'uomo e la sua morte?

Non credo. Questa è la partita peggiore che si possa giocare, ne sono certo.

Sento sirene e fischi che mi invadono il cervello, assolo di orgasmi cerebrali, sento il corpo vibrare, la mente aperta come una melagrana che offre i frutti.

Dalla finestra entra uno spirito di luce sottile come un raggio.

È solamente un raggio, acuto come un laser, ipnotico come la spada dell'arcangelo.

Dio non esiste, non c'è fra i frutti raccolti dentro il melograno.

Eppure quel cervello che si spacca per disperazione, in quel cervello c'è dio, c'è la fame, c'è la falcata ardente di una bella donna morta.

"Chi è la donna?" mi sta chiedendo ora il tenente "lei riesce a identificarla?"

Ho la risposta pronta

"È morta almeno da ottant'anni, ma solo ora l'hanno scaricata da un'auto, sul ciglio di una strada. Fra periferia e delirio, fra un urlo e una canzone d'amore"

Non so chi sia, ma so chi sarà domani al mio risveglio dal sonno della crisi.

Mi si avvicina il collega che odio per la sua prestanza. È in lacrime, sconvolto. Mi parla come mi donasse l'anima. Io penso solo "Ce l'aveva dunque…"

"L'hanno uccisa, non so perché, non so chi. Eppure io l'amavo"

Sbarra gli occhi come un bambino disperato e io l'abbraccio come si deve fare in queste circostanze.

Che cosa farò stasera? Mi prendo il Valproato e inizio di nuovo a indagare camminando da funambolo sul sottile filo che unisce una vita all'altra, senza chiedermi perché, senza volere troppo o troppo poco.

Entro nel mio buco arrampicandomi per una scala antica.

"Neppure c'era il posto per un ascensore" borbotto mentre salgo.

Vorrei trovare un mandala sulla parete davanti al mio divano, invece trovo il televisore con i DVD impilati sopra un tavolino di cristallo.

L'ultimo tramonto del mondo

Scorreva sopra di me tanto in alto da non sentirlo terreno.

Ero sola, nel buio di un pianoro a mezza altezza, appoggiato da un lato alla catena dell'ultima fuga. Le vette più alte della crosta terrestre.

Ne potevo vedere la schiena compatta di tenebre e densa di rocce gelate.

La strada che stavo percorrendo, dopo avere costeggiato la catena, virava a sinistra e traversava il pianoro. Ormai ero convinta di essere l'ultimo vivente, sull'ultima auto funzionante.

Dalla parte opposta, oltre quel pianoro, il cielo premeva con una condensa di fuliggine, sulla lama di luce celestiale che trafiggeva l'aria come una ghigliottina. Totale, ampia come lo spazio che potevo vedere, forse come la terra. La mia terra spianata in un ultimo atto teatrale, la mia terra schiacciata e compressa dal tempo che ruota, dalla macina di spazi infilati l'uno dentro l'altro.

Era un momento di grande anarchia per chi aveva l'assurda pretesa di capire; era un momento di estrema armonia invece, con ogni probabilità.

Incomprensibile al nostro ragionare, devastante come l'apocalisse, per i nostri orologi impazziti, per le nostre giornate di 24 ore, per i tempi del sonno e del lavoro.

Era la corte marziale per il nostro compulso bisogno d'amare, di trovare la mano di un altro, il suo corpo caldo, il suo umido bacio.

I nostri letti sfatti non sarebbero stati ricomposti, le televisioni accese si sarebbero spente da sole, morendo sull'ultima parola dell'ultima notizia del mondo.

Schiacciata dal peso della luce siderale, una linea continua e irregolare di nuvole della nostra atmosfera era la memoria delle ultime eruzioni vulcaniche. Arrivava ora tra la terra e il cie-

lo, dopo essere rimbalzata sulla sponda del nostro piccolo infinito, come su un tavolo da biliardo.

"Ora siamo in buca" ho pensato.

Ormai declassate a un'immagine che si porta a spasso nello spazio la testimonianza di una vita che era e non è più, sedimentavano, spruzzate sui ghiacci delle ultime nostre terrene montagne, abbassate e consunte, levigate dalle ere e dai venti, ormai dolci colline dall'aspetto spettrale.

Fu così che capii.

L'autoradio si era affievolita. L'ultima voce del mondo.

Rimaneva la mia, un suono che nessuno avrebbe mai ascoltato, per questo tacevo, ma temevo anche… ed era la mia ultima paura.

L'ultima paura di questo mondo. Un'emozione che nessuno avrebbe riprodotto, destinata alla sua sorte di inutilità.

Sarebbe caduta nel vuoto, come una piuma o come un sasso, senza peso. Inconsistente come ora mi appariva ogni nostra convinzione, il sentimento, l'amore, l'odio, l'insofferenza, l'indifferenza. Che valevano ora, senza il peso dello spazio, senza l'aria da attraversare?

E io avevo rifiutato di andarmene da qui insieme ai pochi che avevano trovato un mezzo per fuggire, a detta loro.

Non li ho ascoltati perché non ci credevo, sembrava impossibile andarsene da qui, unica terra conosciuta dalla nostra dimensione umana.

Perché l'avevo fatto?

Per morire insieme alla mia terra, per portarmi dentro il ricordo del mondo fino all'ultimo respiro. E ora il ricordo non serve né a vivere, né a morire, né a tramandare qualcosa a qualcuno.

Ho scelto di stare con le macerie della storia terrena e delle sue tante storie, ho scelto la tomba, l'ultimo monumento e non pensavo che non sarebbero più state lapidi e cimiteri, mausolei e chiese. Ho scelto in nome dell'insensatezza umana?

Vale morire per un ricordo che non sarà ricordato?

Non c'è più un albero, non uno e me ne rendo conto ora; come se non l'avessi saputo prima, che il nostro pianeta era asfittico, denutrito, tanto malato da non avere più febbre.

Io rincorrevo il giardino rinchiuso tra quattro mura, la selva domestica della mia nonna e pure le lucertole che si scaldano sopra i mattoni.

Ho creduto che fosse la vita, l'unica vita... Ora penso che il melo del paradiso terrestre sia davanti al mio sguardo allucinato.

Vorrei un essere umano vicino per dirgli:

"Tu sai che abbiamo delirato per millenni, lo sai anche tu, vero?"

Ora che faccio?

Finirà la benzina, prima o poi. Era l'ultima, dell'ultimo distributore automatico. Era l'ultimo anche il biglietto da 50 che ho infilato nella bocca a fessura del distributore. La bocca verità senza alcuna verità.

Gli ultimi soldi del mondo. Il destino del dio denaro. Ingoiato da una macchina, senza che nessuno passi a incassare. Bel destino per chi è stato padrone del mondo!

Decido per l'ultimo atto di volontà.

Scendo prima che l'auto si fermi.

Non so quanta aria è rimasta da respirare per una come me che ha bisogno d'ossigeno, ma intanto che vale?

Lo spettacolo è indimenticabile, anche se suona come una battuta di dubbio gusto.

Sarà il ricordo che farà eco nel mio cervello, fino a che mi schiaccerà lo spazio e la somma dei tempi, fino a che il peso specifico del nulla sarà insostenibile per il mio pensiero.

Il mio corpo è già inconsistente, la mia mente una nuvola che si confonde con l'aria che scarseggia.

Il cielo scende e la terra sale, sono in una pressa che maciulla la mia resistenza.

Quanti passi potrò ancora fare?

E se provassi ad emettere un suono, se cercassi di resistere ancora, se trovassi un residuo di ramo e usassi l'ultimo gas dell'accendino per accendere un fuoco?... Se fosse possibile.

Se provassi a vivere ancora, se mi attaccassi all'idea che bisogna sopravvivere?

Dov'è finito l'istinto di non morire? Estinto, anche quello.

I miei pochi compagni, quelli che hanno buttato il ricordo alle ortiche, come si diceva un tempo sulla terra, chissà se ora vivono e se sono felici, o se il rimpianto sta collassando loro il cuore e la mente?

Sono alianti sul vento cosmico, senza cibo, alla fine, senza acqua. Moriranno come me, anzi lo saranno già.

Io sono l'ultimo terrestre del cosmo.

Cammino sognando, con gli occhi che misurano lo spazio che mi separa dalla fine. Guardo in alto e il cielo scende.

Dovrei avere memoria degli occhi di mia madre, della voce di un padre, del mio grande amore.

Quando si sta per morire succede così, se non sbaglio. Ma questo non è un coma.

È il coma del mondo.

Dovrei farmi serpente e strisciare, trovare la mela da donare a Eva e ricominciare la nostra piccola storia terrestre. Eppure inciampo.

Inciampo in un ramo secco. Inciampo in un morto. Un pezzo di albero morto.

È l'ultimo desiderio del condannato. Mi accovaccio, intravedo il gas liquido dell'accendino.

Provo un paio di volte senza riuscire a provocare la scintilla. L'ossigeno scarseggia, respiro poco, respiro male. Riprovo.

Si accende.

Do fuoco all'ultimo ramo, dura una frazione di secondo.

È finita per davvero.

Ora voglio che l'ultima voce esca dalla mia bocca.

Io non ne percepirò il suono, ma forse l'eco… l'eco striscerà fino ai confini dell'ultimo tramonto del mondo e si dilaterà, arriverà il mio segnale a qualcuno, senz'altro.

E vivrò ancora. Sarò un segnale indecifrabile nel cosmo.

Ancora una fessura fra terra e cielo mi separa dalla fine. Sui miei occhi appare la terra, tutta intera: le sue acque, i continenti.

Non potrò mai pensare, costruire ipotesi, teorie e teoremi, formule o magie per cercare di capire se è l'allucinazione del morente, la fine del tunnel di un coma terrestre o se invece… era la mia terra. Quello su cui sto morendo, quella che ho scelto di non abbandonare per potere ricordare con lei, ripercorrere insieme in un soffio il cammino dall'alba al tramonto.

La mia terra, un poco più in là, oltre il confine.

La mia unica terra, che non finirà mai.

Gli occhi non vedono, il cuore non pulsa, nessun muscolo muove.

Il buio è uguale dentro e fuori.

Quello è il mio corpo. Ma quella sirena, perché non smette? Stanno rubando l'auto al vicino. Gli stanno svaligiando l'appartamento. Hai letto il giornale stamattina? Accidenti, la batteria è scarica l'auto non parte, sono in ritardo. E i figli, chi li va a prendere a scuola? Eppure ti ho visto, eri con un altro, brutta puttana! Mi fai soffrire, mi fai morire, perché mi lasci amore mio? E la nonna come sta? È primavera, il giardino è fiorito, è una meraviglia. Non vai per castagne quest'anno? E i funghi? Ti piacciono tanto! Io ho paura, ho paura di trovarne uno velenoso. Ho paura di morire.

Mi domando, l'eco cosmico è un suono o un effetto virtuale sui nostri computer?

FUSION

Nel sogno una donna mi ha guardato.

Diafana e lentigginosa. I capelli corti, un taglio antico e femminile.

Un abito bianco, piccoli fiori radi, come piovessero dai rami. Gocce di colore dalle carni macere. Probabilmente, su quell'abito era piovuto.

I petali gonfi, in parte appassiti, depositati sull'orlo come fosse la terra.

Io guardavo la donna, occhi castani tra le brevi onde rame che le incorniciavano il viso.

Nel sogno già domandavo in giro chi fosse.

Ma i giorni scorrevano e al sole seguì la pioggia grigia di un autunno freddo.

Ce ne venivamo via dall'estate coi bagagli disordinati di qualche mese dentro valigie e borse.

E nessuno mi dava risposta.

Lei mi guardava - perforava il mio sguardo. Io rimbalzavo nel suo.

Più a fondo - più a fondo… e non era un gioco.

Lei si allontanava avvolta in un golf colore del deserto, ma ancora girava il capo verso di me. Ruotava appena, appoggiato sul collo sottile. Sentiva i miei occhi sulle spalle, posati come un desiderio, avvinghiati alla pelle come artigli. Ma non era desiderio.

La sua pelle sanguinava. Un graffio lungo, sottile, incerto, trasudava piccole bolle accese. Che si allargavano ai lati e scolorivano.

L'ultimo sguardo era stato feroce. Ma non era odio.

Quella donna mi voleva rapire.

La ricordo che ondeggiava leggermente sui mezzi tacchi dei *decolletes* amaranto. Aveva un uomo vicino, lo teneva per un

braccio con la grazia di chi tiene le redini senza che il cavallo si ribelli.

Mentre saliva su un'auto, mi rivolge un'occhiata timorosa.

Io la inglobo nella mia lontananza.

I miei occhi hanno profumo di bosco autunnale. Di mu-
schi e funghi.

Lei è lì, nella terra. Ne sono certa.

Non credo ai fantasmi.

So che da quell'estate io vivo nel campo dei suoi occhi, ma
non mi infastidisce, non mi procura claustrofobia, né desiderio di fuggire.

E lei pure. Parla e si muove, vive una vita, la sua, e si esten-
de, si espande come può fare un elastico, fino a toccarmi, sovrapporsi.

"È la teoria degli insiemi!" sbotto mentre immagino uno
psicanalista - fantoccio seduto di fronte che mi guarda perplesso, dilatando occhi chiari dietro le lenti listate a lutto da una
sottile, isterica montatura. Ha il viso tondo e un corpo minuto. Un punto di domanda.

"Ora le spiego… immagini due insiemi che si sovrappongono in parte… uno rappresenta la mia vita e il mio tempo,
l'altro quello della donna. Nell'intersezione c'è la risposta!"

"Risposta a cosa?" interroga.

Non credo ai fantasmi.
Non credo al simbolo materno.
Non credo a un impulso lesbico malcelato.
Non credo ad un'identità perduta e ricercata.
Non credo all'altra metà segreta.
Non credo al vorrei essere diversa da me.
Non credo.
"Sto pregando,vero?" gli chiedo.
La preghiera del non credente.

L'ho ritrovata al fianco di un altro uomo. La donna di latte scremato ed efelidi galleggianti sul liquido diluito da trattamenti.

Sempre uguale, sempre femmina di un tempo che fu.

Quanti amanti, tanti segreti.

Io invece mi sono ritrovata sola a camminare su una strada ampia,dritta, lunga a perdita d'occhio, senza vegetazione intorno, poche case, confusa nel deserto. La tonalità del golf in cui era avvolta la donna del sogno il giorno in cui la pioggia ha detto stop all'estate.

Lo stesso colore, acceso dal bagliore del sole rosso-arancio, lanciafiamme di fulmini senza temporale; le tempeste convulse del suo fuoco, la luce falsa che arriva sulla pelle arrossata e bruciata dal mio stato terminale. Il mio e di questa terra.

Quanto durerà l'agonia?

Un tempo infame. Un tempo eterno.

Lo psicanalista-fantoccio dondola ora su una vecchia poltrona *far-west* e beve una birra.

Mi fermo da lui, affaticata e provata dagli anni che sono passati. E non me ne accorgo.

"Hai risolto l'enigma?"

"Quale enigma?" mi risponde.

Abbassa le palpebre e si assopisce per un po'. O per sempre.

Non lo saprò mai.

La mia pelle segnata da graffi profondi.

Sento sul collo scendere una vena di sangue. Sembra un filone aureo. Mi bagna la spalla e gocciola sulla strada.

La vita c'è ancora.

Non finisce mai… ancora e ancora.

Mi allontano seguendo la strada ampia, arrostendomi ancora, senza ricordare un inizio. Perché qualcuno mi ha abbandonato come un cane sull'autostrada, ma non so chi.

Senza intravedere l'arrivo.

Mi sto bruciando l'anima quando una voce di uomo urla alle mie spalle

"Non c'era l'enigma, non c'erano i simboli. Ce li siamo inventati tutti insieme. Sacerdoti scienziati psicanalisti!"

Mi volto. Si è svegliato. Si dondola ancora come una nonna con la pipa tra le labbra sottili. Labbra maschili, senza sesso.

"Ne valeva la pena?" gli rispondo.

"Per passare il tempo da quando si è acceso il sole a quando si spegnerà"

Guardo il sole. Non acceca, sembra finto

"E fino ad allora che si fa?"

Lo psicanalista del west mi fa cenno con la mano e io lo seguo.

Entro in una vecchia sala, vecchi mobili in legno, una stufa un paio di sedie. Ti aspetteresti un procione che esce dal forno in disuso. Old America. Dolce fiaba.

Sembra strano, ma nella baracca di legno dove vive, dietro una porta che non può chiudersi,uscita da un cardine,scostata dallo stipite, è raccolto materiale per un piccolo museo.

Apre l'anta della credenza e nei vasi di vetro non c'è marmellata di mirtilli, ma un liquido incolore dove galleggiano cervelli.

"Questi sono di chi si trascinava fin qui, a morire. Da dove venissero non so. Non erano più in grado di dirlo. Erano individui isolati, senza ferite, senza segni di malattia evidenti. Ma non parlavano, non gemevano. Semplicemente si spegnevano. Non erano vecchi, né giovani. Erano stanchi. In un primo momento ha pensato a una setta che si ispirava alla tradizione pellerossa. Una versione *underground*, uno slancio post-moderno. Chi non riesce più a vivere e parlare con i suoi simili, tace e piano si lascia morire."

Mi guarda cercando la mia opinione dipinta sul viso e poi continua senza attendere "Ripensandoci può essere plausibile. Non la storia della setta magari, ma la stanchezza di vivere, parlare, pensare… questo si…"

E allora mi mostra un cervello

"Vedi come sono ridotti? Trivellati dall'usura, caverne di consunzioni e stalattiti di follia. Cervelli storpi e deformi in corpi sani. È un'iperbole insostenibile, chiunque ne morirebbe"

Ma noi due siamo vivi e parliamo, cerchiamo ancora di capire attaccati con il morso di un funambolo a questa corda da impiccato che è la vita. Potremmo usarla per suicidarci e non lo facciamo…

"Io sono qui, ma so ora il perché. L'intersezione dei due insiemi, ricordi? Il mio enigma. Gli occhi di quella donna e i miei. Mi attirano come un polo opposto, mi obbligano a non fuggire a stare qui. Qui dovunque. Anche su questa strada."

Un uomo e una donna sono stati gli ultimi ad arrivare. Mi racconta dopo. I loro cervelli sono conservati insieme. Gli unici ad avere reazioni. Lei piangeva, lui ha pronunciato poche parole

"Mi ha trascinato qui e dovevo seguirla, non avevo scelta. Poi ha taciuto"

Il cervello della donna sembra quello di una mummia. Una noce. Nero, raggrinzito. Quello dell'uomo si sfalda, si macera nonostante la conservazione, si deteriora ogni giorno che passa.

Lo psicanalista me lo mostra

"Che ne dici?"

Non rispondo e quando arriva la notte mi fermo e mi siedo sul dondolo, mentre lui si rincantuccia in posizione fetale, coperto e infantile. Russa.

Non dormo, ma lei arriva comunque. Non nel sogno.

Invecchiata come me. L'incarnato grigiastro nasconde le efelidi; si avvolge in uno scialle e mi guarda con gli occhi di allora. Come sempre io rispondo e ancora non si scappa. L'intersezione delle nostre vite.

Ha senso che mi domandi quando è vissuta o se è ancora viva?

Ha senso che inventi un'esistenza di cui non conosco niente?

So con certezza che come ogni essere umano anche lei non ricorda il suo inizio, non so se conosce la sua fine.

"Siamo qui su questa terra rossa- convinti di essere magici, perché non ci è possibile ricordare da dove veniamo…" Inizio un discorso, ma la donna annuisce solamente e scompare.

Ribadisco.

Non credo ai fantasmi.

Eppure sotto la luna il fantasma esiste. La donna svanisce nella luce morbida e la mia vista vacilla.

"Non so se l'ho vista" confesso il mattino seguente allo psicanalista.

"Non so se ho visto lei o un fantasma"

"Che problema c'è?" mi risponde "Hai visto quello che hai visto. Importa da dove ti arrivi?"
e sbocconcella pane.

Me lo offre ho fame.

"Quanti anni ha questo pane? 100?"

È roccia come il deserto rosso e le montagne intorno.

Silenzio per minuti e minuti, poi sono io che riavvio

"Importa perché le nostre vite si sono intersecate, senza motivo. Senza un perché. Mi importa io voglio sapere"

Lui bofonchia

"Attenta. Non ripetere il solito errore."

Una pausa in cui la testa sembra crollargli in avanti posseduta da un sonno improvviso. Invece si scrolla

"Hai visto la luna stanotte?"

"Si, certo. Era piena, luminosa. Al centro della notte"

"Sicura?"

"Non c'è di che essere sicuri. Qualsiasi persona l'avrebbe vista!"

"Su in cielo… o sotto i tuoi piedi?"

Questo vecchio fantoccio pazzo… anni di studi teorie che si elidono a vicenda, simbologie decodificate… cazzate!

"Vecchio pazzo!" mi alzo da dove sto, metto in spalla lo zaino e me ne vado.

Su questa strada passeranno un paio di mezzi al giorno. A volte mi faccio dare un passaggio, mi portano un poco più avanti, poi scendo.

Oggi neppure quelli. Oggi me la faccio a piedi, da sola, tormentata da mosche fastidiose che mi ronzano intorno neanche fossi una carcassa d'animale.

"La luna sotto i piedi…" insinuava lo psicanalista. Doveva essere sbronzo…

Sulla luna non mi risulta che ronzino mosconi.

Il sole brucia, sto attraversando zone poco abitate, deserti, ma percorro strade costruite dagli uomini…

"Sulla luna, che idea! Alla fine quando si esagera a pensare e studiare si finisce per dare un calcio a tutto e inselvatichirsi" .

E forse lo psicanalista era un assassino. Quei cervelli sotto spirito come le ciliegie… La storia esistenziale di anime stanche dell'impegno di vivere… Ci si costruisce sempre qualcosa intorno! Chi uccide ha i suoi motivi insani mascherati di etica - riflessioni - congetture. Ma chi uccide ha solo voglia di uccidere.

Intanto qui fa caldo e molto. Posso arrivare a un agglomerato di case poco più avanti. Già ne riesco a vederne i contorni.

In lontananza compare anche qualcosa di simile a un essere umano.

Si avvicina.

Gli occhi.

Sono la prima cosa che vedo, preceduti - annunciati dalla storia che raccontano.

Si nasconde un film nelle acque torbide degli iridi melmosi.

Vedo depositi di terra che diventano fango, sabbie mobili che hanno catturato i piedi dell'uomo, vedo la sua agonia in tempo reale, mentre viene risucchiato dalla palude con lentezza sadica.

Fino ai fianchi, fino al collo.

Solo gli occhi sono fuori, ancora per poco.

Mi fermo, gli parlo. Gli chiedo chi è, da dove viene. Lui tenta una risposta, è lì davanti a me con negli occhi la sua lenta morte, ma appare normale, vittima di se stesso soltanto.

Le sue labbra si muovono, esce fango. Verde di bile.

Anche dalle narici.

Non può più rispondere, né chiedere aiuto.

Fatica a respirare eppure cammina fino a una roccia isolata. Ci si arrampica senza sforzo.

Si siede, si raccoglie su se stesso abbracciandosi le ginocchia. Guarda l'orizzonte.

Passa il tempo necessario perché il sole si arrossi e tramonti.

Passa la notte e l'alba. Ho dormito per qualche ora, in attesa. Lo trovo disteso ai piedi della roccia, la testa fracassata dalla caduta.

Aveva deciso di morire, non ne poteva più.

Forse morivano in modo simile i proprietari dei cervelli sotto spirito.

So come finirà il suo cervello senza che lo psicanalista del west se ne impossessi e lo conservi in nome del suo istinto macabro, in nome della scienza, come testimonianza della sua sconfitta.

Sarà anche questo un cervello deforme, scavato dal troppo pensare, masturbato da tante teorie dalla mano invadente e possessiva. Sarà così forse, ma finirà in pasto agli avvoltoi o sarà culla di larve.

In uno slancio umano vorrei che la luce lo incendiasse trasformandolo in fuoco e che il vento del deserto lo confondesse alla sabbia sollevandone la cenere.

Sarebbe onesto, sarebbe una preghiera per lui e per gli altri.

Per tutti noi che finiremo così, perché questo è il destino che ora mi vedo vicino.

Quando arrivo alle poche case e mi rendo conto che sono abitate, provo sollievo.

Non siamo sulla Luna e qualcuno qui ci vive.

Sono gli ultimi naufraghi o i primi invasori, pionieri o epigoni… non mi interessa.

Una donna vestita di bianco ingiallito attraversa la strada. La vedo di spalle.

Ha i capelli rossicci, raccolti in una coda che poggia sul collo.

Quando la chiamo e si volta mi accorgo che indossa una logora divisa da infermiera.

Senza che le domandi dove sono, mi fa cenno di seguirla e di entrare in un edificio non più grande degli altri, non diverso. Piano terra e primo piano.

Una grande baracca, in realtà.

"Una baracca adibita a ospedale" ragiono.

Legno dipinto di zafferano, rossiccio come i capelli della donna. Mimetico nel deserto.

Prima di varcare la soglia l'istinto mi porta a voltarmi verso l'esterno.

Come fosse l'ultima volta. Anche se so che tra poco sarò di nuovo su quella strada, a camminare per allontanarmi dalle mie origini, dal luogo da dove vengo e veniamo.

Su quella strada un percorso sbandato per allontanarsi dalla magia.

"Non so da dove vengo, non mi ricordo"

Io, lo psicanalista fantoccio, i poveri cristi che si lasciano morire.

Non dimentico il fango che scende dalle labbra di un uomo. Incancellabile la sua rassegnazione mentre tramonta chiedendo coraggio al declino del sole.

Ora è mattino, la luce abbacina, il riverbero è tale che non vedo più niente e quando entro è buio informe - sagome guizzanti - fluorescenze. Premo la mano sugli occhi.

"C'è troppa luce fuori"

"C'è troppa luce dentro!"

"I tempi... i tempi di queste vite assurde mischiati, compromessi violentati. Sto impazzendo!"

Davanti il bianco, assoluto riflesso nel bianco - la luce, che colpisce la luce di spada. Ferisce.

Io rimango a terra.

Mi soccorre l'infermiera.

Il tremore che mi sale su per gli arti, arriva al cervello. Rinvengo. Un elettroshock naturale mi ha rilassato.

Ora piango lacrime di pace.

"Anche a te come a tutti" l'infermiera mi accarezza i capelli "Ora piangerai, poi dormirai. Poi guarderai nel vuoto. Ti sentirai sola. Da sola con i tuoi tormenti... alla fine ti convincerai che il vuoto è dentro. Vorrai andartene, perché di te non ti importerà niente. Cercherai le strade che avresti voluto percorrere. Ti chiederai come sei capitata su quelle strade. Accetterai la magia dell'ignoto. Camminerai, arriverai qui e mi incontrerai... Sverrai e io ti soccorrerò"

Perché parla al futuro? È già stato! Questo è il passato! Perché parla al futuro? Ora si deve andare avanti. Il passato non è il mio futuro. Non può essere. Non voglio che sia.

L'infermiera mi aiuta ad alzarmi. Ha i capelli rossicci, unti. Puzza di stalla.

"Ma da dove vieni?" le chiedo

"Da dove vieni tu!"

Percorriamo un corridoio. Somiglia ad un tunnel infinito.

Ai lati panchine blu-elettrico.

Qualche paziente in divisa blu, seduto composto. Guarda nel vuoto.

Sempre più fitti. Uno addosso all'altro.

I medici si muovono come formiche operaie. Su strade tracciate eppure invisibili.

L'infermiera si ferma davanti a una stanza, la porta è aperta. Un paziente è disteso, infilzato da aghi come San Sebastiano. Incorniciato da sottili liane trasparenti dove corrono liquidi colorati.

Apparecchi elettronici alla destra e alla sinistra del letto. Il paziente è disteso a gambe unite coperto da un lenzuolo. Composto come un santo.

Nessuno si ferma a buttare l'occhio. Mi stupisce. La curiosità morbosa ha sempre contraddistinto una parte della nostra anima. Il cervello vuole sapere come si fa a morire, non vuole essere colto impreparato.

"L'indifferenza" risponde l'infermiera" l'indifferenza cancella le virtù, ma anche i difetti…"

Lei entra, io non ne ho il coraggio.

Neppure mi considera e solleva la testa del paziente.

Ci sono attimi in cui ci si stupisce. Semplice stupore, contemplato ca una gamma di sentimenti sorpassati, vetusti. In questo momento io stupisco nel vedere il volto del paziente.

Femmina antica, femmina morente. Magra oltre il possibile, trasparente come una larva. E i suoi occhi. Occhi di cui i miei sono satelliti.

Si rianima alla mia vista. Si mette a sedere.

"Lo sapevamo" sottolinea l'infermiera. "Sapevamo che una donna di circa 200 anni avrebbe reagito a stimoli emotivi"

"Come? Cioè, come lo sapevate?"

"Il primario neurologo l'aveva letto nel film della vita di questo strano esemplare femminile… reduce del tempo. Capitato qui da non so dove. Ma questo è l'inizio di ognuno di noi"

Accende uno schermo e l'avanti veloce si stoppa in un punto preciso. Sullo schermo si sovrappongono le immagini di una vita, sovrapposte ai sogni, confuse con i desideri… e le paure le ansie.

La donna con un vestito bianco a fiori, petali che si depositano sull'orlo.

Una grigia pioggia autunnale la costringe a nascondere la sua bellezza in un golf ampio, colore del deserto.

Mi domando quale sia il limite fra la vita reale e le vite immaginate. Quale il limite fra l'accaduto e il percepito. Fuori-dentro… il solito dilemma…

Insulso.

Io, per esempio, che posto occupo?

Dove l'esistenza mia e sua si sono fuse per un tratto?

FUSION.

Le conseguenze quali sono state?

Per qualche secondo mi stringe la gola una crisi di panico.

La sensazione è di avere varcato le colonne d'Ercole della ragione. Un oceano davanti. Oceano e cielo alleati in una grande tempesta di nulla. Di pace assoluta. Azzurra, lancinante. Feroce. Uguale a una guerra. Ho paura.

"Non preoccuparti: agorafobia… succede a tutti qui dentro. È uno dei primi sintomi"

Gli occhi della malata si accendono-diventano satelliti dei miei.

Mi fa cenno, con fatica, di avvicinarmi al letto.

Eseguo come una bambina.

La sua mano trema, ma mi accarezza il collo. Mi mostra l'indice insanguinato.

Ho una ferita e non si rimargina.

"È un graffio, uno stupido graffio" la tranquillizzo.

Lei mi guarda e guida la mia mano al suo collo.

Un graffio analogo, ma non sanguina più.

"L'ho fatto in un roseto… mentre James mi baciava" parole nitide.

Poi farfuglia, la voce è disturbata come se le onde di trasmissione diventassero sempre più irraggiungibili.

Dopo qualche minuto giace in silenzio.

Qualche ora dopo è morta.

Abbasso le palpebre e cerco di pensare.

"Strano decesso, vero?"

Mi scuote una voce maschile, compassata.

Un medico mi si è affiancato.

Riconosco i tratti dello psicanalista-fantoccio.

Strano decesso, di questi tempi.

Le ultime parole, un estremo, fulmineo abbraccio alla vita.

Mi accarezzo il collo. La mano è striata del mio sangue.

Sono turbata. Guardo il medico e lui legge lo sconcerto negli occhi. È disegnato chiaro, colorato di acqua trasparente. Sento la trasparenza, che mi conquista il cuore. Mi percepisco inconsistente.

"Dove siamo? Cosa succede? Cosa significa tutto questo?"

"Non crederà ai segni per caso!?" sorride come fossi sciocca.

"Ma io quella donna... ricorda le intersezioni degli insiemi? Le nostre due vite... un campo in comune?"

"Certo"

"Io e quella donna, cosa c'entriamo l'una con l'altra?"

"La spiegazione è banale. Un campo magnetico. Tra voi due... Solo un campo magnetico. La permanenza di un campo sfora i tempi dell'esistenza umana, 70 -80 anni all'incirca. Così vi siete conosciute. Ci pensiamo materia, carne ossa cervello sesso odio compassione, ma siamo solo energia. I giochi dell'energia con se stessa..."

Avrei percepito il suo campo, avrei visto dei flash della vita di quella donna solo perché sono stata in un posto che lei aveva frequentato un paio di secoli fa?

"Voglio uscire!" protesto.

"Prego. Ci vediamo più tardi"

Trascino la mia trasparenza fin oltre l'ingresso.

Un gel di sensazioni si muove fluido dentro il mio corpo. Non sono indifferente.

Rientro in fretta

"Perché l'infermiera mi ha raccontato passo - passo la storia degli uomini che si lasciano morire... me l'ha raccontata come fosse il mio futuro. Ha detto che camminerò fino ad arrivare qui. Fatemi andare. Voglio andarmene lontano, continuare la strada!"

"Sei tu che sei tornata..."

I malati. Di che malattia stanno morendo?

"Non sono malati, almeno non in apparenza. Ricordi i cervelli? Ecco. Quando vorranno andarsene da qui moriranno di stanchezza. Non vorranno la vita, neppure sapranno cosa farsene. Un tempo raccoglievo i cervelli, li conservavo, ammiravo la loro deformità. Il fascino del mostruoso. Era una grande lussuria per me. E poi mi sono domandato perché, a che cosa mi serviva. A capire-mi sono risposto. Ebbene, alla fine ho costruito ipotesi su ipotesi... e non ho capito. Ora assisto chi ancora non è pronto... forse assisterò anche te. Spirito umanitario? No, non credo. È che bisogna pur passare il tempo. E poi il piacere di accompagnare il degrado dei corpi, delle menti... le esistenze che si annullano... Lussuria, anche questa sadica, consapevole lussuria. Dal volto umano, però! Qui, chi arriva con un minimo di coscienza, mi vuole bene. Aspetta che io lo aiuti! Ma io non posso farlo"

Fuori di qui il cielo è nero, i piedi calpestano un suolo fluorescente.

Se guardo in alto non c'è luna.

La sabbia è rada, lascia intravedere l'energia di un pianeta sconosciuto.

Una donna cammina, ha i capelli rame. L'immagine di un roseto l'avvolge... fuori di qui il deserto sembra bruciare, ma è ghiaccio.

"Io non esco" gli rispondo.

"D'accordo. Ti faccio visitare il mio laboratorio personale. L'accesso non è consentito ad altri"

Un laboratorio che già conoscevo. La vecchia stanza del west, polverosa, con la porta scardinata che si affaccia su un altro locale.

La solita credenza. Lui apre l'anta ed estrae uno dei barattoli in vetro.

Liquido trasparente e qualcosa di simile a una piccola mora di gelso bianco che galleggia.

"Sono embrioni umani, a vari stadi di sviluppo. Il mio progetto è di impiantarli nell'utero di una donna, farlo nascere su questo pianeta sconosciuto. Diventerà la prima donna. Sarà una pioniera. Una moderna Eva per una nuova bibbia."

Ha gli occhi incendiati di delirio, i sintomi dell'idrofobia, le bave agli angoli della bocca.

SI trasforma in un animale feroce.

Cerca di catturarmi, legarmi, fecondarmi. In nome dei suoi esperimenti.

Urla come un ossesso

"Dove scappi? Ti tiri indietro? La mia è fame di conoscenza di progresso. Preludio alla felicità del paradiso terrestre. Inno all'intelligenza e al suo potere: Sei vigliacca. Una donnetta vigliacca!"

Guadagno l'uscita spinta da una forza innaturale.

Respiro.

Fuori la luna è piena, la luce calda.

È una notte d'estate. Morbida, avvolgente.

L'estate è un'illusione ottica, ma cosa non lo è?

La bella inglese cammina nel giardino, il cuore batte - gli occhi brillano. I fiori, il loro profumo le drogano il cervello. L'uomo arriva e la bacia, lei perde un attimo l'equilibrio, si ferisce il collo sulle spine di una pianta di rose. Sorride felice.

Fuori di qui vola un ippogrifo.

Viaggia tra la terra e la luna.

Mi fermo a guardare i sogni dei secoli, ascolto le voci di millenni. Sono canti, sono grida.

Il ritmo sale - il sonoro aumenta. Si intreccia a linguaggi indecifrabili, stride di disturbi, si inceppa. Motori che assordano, sibili di partenze. Impatti d'arrivo-fragore di schianti.

Morti dolenti - pianti di donna - di bambini.

Gemiti d'agonia - gemiti di piacere.

E le stelle?

Non esistono in una notte di luna piena.

"Hai visto, stupida donna? Guarda in cielo, cancella il romantico volo della tua mente incolta. Fauni e folletti raccontali ai tuoi figli, se mai li avrai! Guarda!"

Una pioggia di stelle trafigge la terra, il deserto prende fuoco.

Alle spalle i pochi edifici diventano roghi.

"Sai cosa sta succedendo?" mi urla addosso lo psicanalista fantoccio "È la guerra. La guerra cui nessuno aveva mai creduto. Favole dicevano... e credevano all'angelo e al diavolo, alle presenze, ai fantasmi. È la guerra con gli altri. Da dove vengono, noi non lo sappiamo. Loro però ci hanno trovato".

"Ci hanno trovato - ci hanno trovato - ci hanno trovato."

E il vento ci spinge con forza, ci vuole staccare dal suolo, ma la sua velocità non è tale da farci partire per il viaggio.

È fatica soltanto.

Fatico a restare, fatico ad andare.

Eppure ci hanno trovato e ore le scelte sono due.

"Puoi voltarti e guardarti alle spalle"

intima lo psicoanalista ormai sfatto, decomposto nelle carni e nei gesti

"O lasciarti aspirare verso il Caos. È una forza invincibile"

Sembra rantolare prima di morire con un urlo atroce.

L'urlo.

Invece l'urlo precede la sua trasformazione.

Lui è lo scheletro vivo, il morto vivente.

Lui fa parte del popolo assente dalla vita animale, ma presente nell'incubo dell'ultimo volo.

È stato a questo punto che ho deciso di voltarmi a guardare il deserto.

Le rovine abbandonate, la terra battuta, vuota d'anime, grattacieli di tufo e arenaria vengono demoliti un poco alla volta dal vento che soffia e li plasma. Diversi ogni giorno, a seconda dell'aria che tira.

Gli ultimi fuochi si stanno affievolendo. Forse la battaglia finale c'è già stata, me la sono lasciata alle spalle.

"Ascolta" ordina lo scheletro vivo di quello che fu un fantoccio d'uomo.

"Ascolta le voci che chiamano"

Voci dal cosmo

Siamo in viaggio oltre il cobalto.

Non pensavamo, dio-capitano, che il viaggio continuasse senza le onde del mare o dell'oceano, senza le vele gonfiate da aliseo, sbattute o vinte da venti di maestrale. Al vento inerte, no, non credevamo. Siamo l'impronta del mondo che si sposta, nostra è l'immagine, ma i nostri corpi, morti, sono rimasti negli anni della terra.

La roccia è muta, la favola svanita.

Siamo lo specchio di ciò che siamo stati, siamo nell'onda che spinge ogni ricordo a inseguirci, anche se noi fuggiamo.

Per quanto ancora il viaggio sarà nostro?

Ordine nuovo?

Tornare sulla terra?

Dicono che ci vivano razze di cannibali, uguali a noi, ma affamate d'uomo.

L'ordine è ordine?

Allora torneremo a costo di tornare a inventare il nostro grande sogno: un dio di pace e che ci renda eterni.

Guardare estatici un punto nello spazio, inginocchiare le anime di scheletro e aspettare che la carne torni.

"Ovvero" chiedo allo scheletro-burattino "devo scegliere di che pazzia morire?"
Annuisce.
Io taccio, so che non troverò risposta.

CASSANDRA'S MIND

Arriverà l'inverno.

Sale dal fiume, scende dal cielo.

Acqua e aria raffredderanno il respiro.

Spegneranno i fuochi accesi nell'estate. Su spiagge, colline, nelle notti di festa. Fuochi sparati nel buio, bombe esplose in un gioco di guerre stellate.

Congelerà la mente. Allineerà ricordi ibernati nell'attesa che la scienza o un miracolo li riporti alla vita.

L'inverno conquisterà la mia terra, metro a metro, campo a campo. Le foglie cadute, gli aironi solitari al centro di una risaia, lo schema di rami intricati. Li spezzerà e con loro spezzerà il filo che intreccia il sole al desiderio, l'abbraccio dei corpi all'acqua del mare. La noia del mondo al ciclone del cielo.

E noi saremo ingoiati dalle nostre tane, rifugiati nel sonno - a metà di chi vive aspettando la vita. Se verrà primavera.

Arriverà il gelo, sul nostro mondo. Ingoierà la terra. Conquisterà i continenti, non lo fermerà il sale dell'oceano. Saremo ghiaccio.

Nei ghiacci.

Inclusi, saremo gli insetti del sistema solare, inglobati nel plexiglas. Decoreremo i salotti di un altro pianeta, dove si vive nel gelo.

Dove si può non amare.

Verranno mondi che si nutriranno di noi e delle nostre carni.

Verranno dei, si chiameranno alieni.

"Nessuno vi consolerà col canto e le dolci parole di miele. La via lattea non vi cullerà tra le braccia del tempo. Nessuna droga vi condurrà alla vita eterna. Perché nascondervi che dovete morire?"

Sarà questa la sorte, piangete le lacrime che preferite.

Cadranno, di ghiaccio, sulle vostre lapidi senza memoria.

Una donna camminava sulla battigia, a piedi scalzi.

Era già l'inverno che verrà.

Una donna vestita di poco come fosse d'estate.

Lei credeva che il sole la scaldasse e non sentiva la pelle bruciare per il freddo.

Inseguiva i colori dell'estate. La pensava presente.

Non vedeva il mare grigio incanutirsi con i suoi capelli.

La donna camminava e sorrideva, lo sguardo fiero e invitante.

Non aveva lo specchio degli occhi di un altro a mostrarle la carnagione stanca degli anni, le gambe piegate dalla fragilità, la fronte solcata dall'andata e ritorno tra il sogno e la vita.

"Povera donna" dicevano. "È impazzita"

Morirà il mare, anche lui ha un suo tempo. Svaniranno le sedie e gli ombrelloni, svaniranno pedalò e ragazzi che flirtano.

Svanirà l'estate-tornerà. Svanirà la terra-tornerà.

Una donna camminava sulla battigia.

Millenni ci dividono da quell'estate.

Camminava a piedi nudi,illuminata dall'alba - risvegliata dalla risacca.

Guardava la sabbia, guardava i piedi che uno dopo l'altro formavano passi. Per dove? Perché?

"Perché hai ucciso quell'uomo?

L'hai ucciso coi pugni, coi calci.

Hai ucciso il mio uomo.

E ora difendi i tuoi pugni, i tuoi calci, col verbo di un dio e un vessillo.

Hai ucciso l'uomo che amavo. Questo hai fatto.

Avevate due simboli opposti marchiati nel vostro cervello - marchiati dal vostro padrone, come animali prigionieri di un pastore.

Avevate rancore e presunzione e ora chiamate quel pugno Ideale.

Fracassare un cervello per rabbia non è nobile più del mio pianto.

Che le mie lacrime anneghino i vostri eserciti e la terra vi ingoi.

È nobile il pianto, più della vittoria.

È nobile la mia voce nella notte, il singhiozzo compresso dal cuscino.

Sarà vostra l'apocalisse.

Mio pianto - mio dolore. La rabbia.

Chi ha ucciso morirà, crivellato dai pugni di un'altra Ragione."

Svaniranno il pugno e le lacrime di quella donna, ma ancor prima svaniranno bandiere e altari. Tornerà la jungla a ingoiare città.

Svanirà la jungla - tornerà.

Quella donna si siede sulla battigia. Dopo millenni. Sarà domani.

È un tramonto. Il pensiero senza pianto va al suo uomo. Sulla spiaggia c'è pace. Su quel campo c'è guerra. Forse è vivo, forse no. Non lo saprà mai.

"Strapperò le vostre bandiere, farò un vestito coi brandelli delle vostre guerre. Avvolgerò i miei fianchi. Camminerò ancora e ancora sui miei tacchi a spillo. Ci saranno altri uomini al vostro posto a seguire con gli occhi il dondolio dei miei fianchi, ma la nostalgia di un tempo perduto solcherà le loro guance. Lacrime, lacrime uguali alle mie"

Poi, piangeva. E asciugava le lacrime stanche col dorso delle sue mani.

La spiaggia era deserta. Erano rimasti in pochi sulla terra. La donna era stanca, come l'uomo di cui intravedeva la sagoma, seduto sulla sabbia, grattacieli da sfondo a ridosso del mare. Il silenzio accompagnava la musica di una chitarra scordata che teneva tra le gambe.

E ora che il mio corpo vive nelle polveri fredde di Andromeda, mi confondo con gli anni e i millenni.

Tutto è qui, polvere fredda e spirale di luce. Il pugno dell'odio, le bandiere consunte. Tutto è insieme e non si distingue una cosa dall'altra. Non si distingue un'età dall'altra, i miei tacchi a spillo, la gonna che ondeggia. L'età del rimpianto, l'età del desiderio.

Sono i miraggi del cosmo. Una vecchia casa di campagna ricoperta di edera, quella che la mia infanzia metropolitana ha inventato per poterci costruire un nido insieme a lucertole e insetti. Mentre si avvicina si dissolve e la polvere si mischia alla mia.

Sono i grattacieli che ho visto nel mio ultimo viaggio terreno.

Si piegano su se stessi, senza fare rumore sono carta e cartone.

Sono Hollywood e gli effetti speciali.

Sono progetti sullo schermo della nostra età terrena.

Ma qui una chitarra vola e l'uomo che suona danza.

Qui niente ci costringe alla terra, siamo fuggiti alla nostra gravità e ora ne rincorriamo un'altra. Per essere carne, corpo, pensieri furore e pace.

Per rinnovare l'ipotesi d'amore, rincorrendolo in un mare di nulla.

AL PRIMO PIANO DEL PARADISO

C'è un silenzio di tomba in una casa sigillata. C'è lo spiffero gelido dell'aria condizionata.

L'ombra del caldo che scioglie nel grigio dell'afa l'istinto di conservazione.

C'è stanchezza dietro le finestre sbarrate. Un'estate che fa schifo.

Nelle periferie travestite di verde il fantasma della stasi.

Il soffio caldo dei residui di vite concluse di recente, si aggira inconcludente nell'indifferenza, non spaventa nessuno. Impotente di fronte a chi guarda e non chiede, a chi guarda e non vuole vedere.

Una camera mortuaria, il gelo delle celle frigorifere.

Bella alternativa.

Dove sono finiti tutti gli altri?

Una donna apre la porta e una folata di *phon* la investe. Quasi l'anticamera dell'inferno, nell'attesa del traghetto un assaggio di altoforno.

Jane si ritrae sofferente. Non ci sono alternative.

Il cervello si bastona da solo se le parole si spengono.

Arriva!

Arriva la crisi ed è panico, ci si scivola dentro come niente.

Soffocamento. Il cuore si stritola. Lo stomaco si strangola.

Panico.

"Dove sta la vita?!"

Jane si stava contraendo, fino a diventare compatta come ferro.

Jane stava per sparire ingoiata nella notte da un buco nero di passaggio. Fra le stelle-nel cervello.

Eppure, eppure un giorno pioveva.

E a Jane traversava la testa qualche strofa di una canzone popolare forse di 100 o 200 anni.

"Giovanotti piangete piangete, ho tagliato i miei lunghi capelli...eran lunghi eran biondi eran belli... monachella mi fecero andar... ohi si si si ohi no no..."

E intanto Jane ascoltava "Smells Like The Spirit"

"Here we are now, entertain us
My libido
A denial!!!"

Fuori dalla casa sigillata, lo sapeva, c'erano uomini che grondavano sudore e stanchezza per l'afa. C'erano muscoli e ossa sofferenti, sguardi spenti.

La scelta era fra i ghiacci dell'ibernazione o il disfacimento del corpo fino al limite della decomposizione. Fermarsi appena prima del passo irreversibile nella morte.

Jane in un giorno di pioggia tanto denso da far pensare a un'alluvione si trovava nella hall di un albergo.

"Qui ci sono le chiavi. Quinto piano. Camera 581."

D'accordo.

Jane trascina il trolley fin dentro all'ascensore e schiaccia il 5.

Si apre - esce - un'occhiata a destra, una a sinistra-camera individuata - entra - posa il trolley-ridiscende.

La pioggia fa muro. Le sembra impossibile penetrarla perché dovrebbe avere un dono telecinetico e Jane di paranormale addosso non s'era mai sentita niente.

"È possibile avere qualcosa per cena in quest'albergo?"

Sembra di si e Jane si infila nell'ascensore.

L'acqua scioglierà i muri, ne è certa. Vincerà la civiltà e se la porterà a spasso per un nuovo oceano infinito.

Succederà si ripeterà e la deriva sarà da qui all'eternità.

Eppure adesso che suona il cellulare nella cella frigorifera annegata nell'afa, Jane non risponde e lascia che quel che resta della vita muoia di asfissia, non sarà certo lei a rianimarla.

Chiude le persiane, anzi. Perché il buio è meglio. Ci si naviga senza pretese di conoscere la verità. E questo è già un passo verso la pace.

Ricorda un recente passato e pensa che non sia ancora accaduto.

781.

Impossibile.

Era il 581… sbagliato piano.

Incrocia un ospite sui settanta, tranquillo e carnoso, pensieroso eppure sereno

"A che piano siamo?"

L'uomo alzando lo sguardo rilassato conferma "Al settimo"

Difficile chiedergli quanti piani ha l'albergo,eppure…

"Quanti piani ha l'albergo?..."

"Sette signorina, è ovvio"

L'imbarazzo si nasconde dietro il sorriso, di solito, e Jane sorride.

Accetta la sua confusione come il diluvio fra cielo e terra.

Deve scendere al quinto.

Eppure signorina, si sbaglia

"Da questo piano non si torna indietro, signorina" l'avverte il signorotto.

"Forse è tedesco" pensa Jane. E non ha senso.

Un pensiero tanto per… per cosa? Per tirare tardi col cervello.

"Non l'hanno avvertita prima di salire?"

"No"

"Strano. Ma perché lei è salita al 7 se cercava un altro piano?"

"Vero. Non lo so. Io ho la camera al 5. Devo essermi sbagliata"

"Allora si scordi la sua camera… E poi, non so se dirglielo, non so se è giusto, ma di fronte all'evidenza… Signorina, il quinto piano non esiste. E neppure il quarto, ma si sta bene qui"

781.

Questa era la camera di Jane.

Se glielo avessero raccontato, avrebbe giurato che sarebbe stata presa dal panico.

Su e giù per il piano a staccare le maniglie alle porte, a battere forte su ognuna. A pigiare il tasto dell'ascensore-sempre spento. La luce rossa, le frecce verso l'alto che lo chiamano... niente, niente.

Sarebbe impazzita, ci poteva giurare.

E invece un via vai normale di ospiti, la cameriera al piano "Signora, non trova la chiave?"

Jane fa cenno di no

"Non si preoccupi, le apro io"

Jane vorrebbe impedirglielo

"Non lo faccia. Non è il mio piano" vorrebbe ribattere, ma Jane tace.

È tutto più semplice quando ci si lascia portare. Quando sono le circostanze a rallentare- svoltare - accelerare. Quando il cervello rifiuta di opporsi.

Perché lei, da quella camera, non si aspetta niente.

Un letto, certo. Un armadio e i comodini, un bagno e poi un paio di cuscini in più sopra l'armadio, una coperta di lana beige, nel caso facesse freddo.

Una tele con telecomando. Una sintonia sballata.

E tutto è così, come in una camera d'albergo.

Jane ascolta le staffilate dell'acqua che colpiscono a frusta le persiane chiuse. C'è vento e le persiane così rimarranno.

Accende una luce nell'angolo.

Una stanza può essere ovunque.

Questo Jane pensa mentre siede sul letto e sospira.

E ancora quando apre una saponetta scartandola con cura, e poi ancora quando cerca spazzolino e dentifricio.

E poi di colpo la luce nel bagno diventa violenta.

Un contatto, ha schiacciato inavvertitamente un interruttore, lo cerca per spegnere.

Un calore fuori luogo sta avvolgendo Jane.

Sale per le gambe come il vento d'asfalto bruciato da un motore. Forse ha acceso l'aria calda, ma è rovente, quasi brucia.

"Fuori piove"

Certo piove.

Qualcuno prende a pugni la porta, insiste aumenta la violenza e l'intensità in un crescendo che suona come un tamburo di guerra.

"Chi è?" grida Jane cercando di sovrastare la minaccia.

"Chi è! Voglio sapere chi è!"

Non apre Jane, fino a che il pugno tace e il silenzio la calma.

In corridoio sente passi affrettati mescolati a voci concitate. Nessuno urla però.

Qualcuno scappa.

"E se fosse un incendio?"

Ci sarebbe odore di bruciato. Sentirebbe il crepitio della fiamme che ingoiano armadi letti persone, tutti insieme. E sarebbe pioggia di cenere.

Jane apre, sporge il viso nascondendo nel buio della stanza il resto del corpo.

"Ehi…" si rivolge a un tizio, potrebbe essere un impiegato di banca per come lo vede.

Camicia azzurro pallido pantaloni asfalto nuovo di quelli appena compressi che prendono allo stomaco per la puzza di catrame caldo.

Non ha un capello in testa, è lucido come il perbenismo.

La cravatta regimental svolazza scomposta, mossa dal passo accelerato dell'uomo.

Educato. Si ferma e la guarda. La cravatta si ferme. Scende lungo la camicia inamidata in un atto di improvvisa impotenza.

"Cosa succede?"

"I popoli nomadi non hanno bisogno di un Dio, ma di un capo. Il cielo è scomparso"

Che risposta è? Che cazzo di risposta è?

Jane sbatte la porta.

"Io di qui me ne devo andare. È ridicolo. È una presa in giro"

Il corridoio è vuoto. Non c'è più traccia, né eco di un passaggio recente.

Jane si avvicina alle finestre e spia oltre le persiane.

La pioggia è cessata.

Jane ricorda la cella frigorifera di un'abitazione in periferia, l'aria arida di un'estate distante il tempo di molte vite.

Jane sente sui fianchi la mano di un uomo. Ci sono impronte che diventano fossili- impronte sul corpo e nel pensiero. Allora la vita si muove nella morte e i tentacoli di un sistema nervoso inesistente si allungano fino a toccare la punta del cuore.

Vibrano stomaco e gola e il vento si alza nel cervello.

Una scossa l'avvolge mentre le mani le cingono la vita.

Jane è esile come una canna nella palude e si piega alle folate di scirocco. La voce ricordata muove onde nell'aria stantia della camera d'albergo

"Da quanto le finestre non sono state aperte?" gli domanda Jane mentre si volta per vedere.

Jane ha ali di pipistrello e si muove nell'ignoto con il radar del suo istinto femminile.

Perché è sola in quella stanza, nessun altro vedrebbe la presenza di un uomo.

Eppure a Jane le labbra fanno male per un morso, leggero e invitante e riesce a carezzare la presenza del campo definito in cui il ricordo diventa consistenza.

Le palpebre si abbassano con la dolcezza dell'abbandono mentre fuori la pioggia è cessata.

"Poi aprirò queste finestre" gli anticipa come se fosse un destino.

Arrendersi, non c'è alternativa

"Non sappiamo cosa sta succedendo, siamo al settimo piano di un albergo… mi hanno detto che non esiste. Ho visto uomini in fuga, una fuga composta e veloce. Camminavano in fretta, sembrava non avessero alternativa. Neppure loro, come noi. Ma non avevano un motivo, non erano inseguiti, né minacciati.

Un tizio che sembrava un bancario nell'ora di pausa mi ha risposto con un assurdo non-senso. Quando gli ho domandato cosa stesse succedendo, mi ha rispondo facendomi credere di essere un nuovo-nomade. Mi ha detto che il cielo è finito e che abbiamo bisogno di un capo. Ho dedotto volesse dirmi che stavano partendo alla ricerca di una nuova terra. Non ci capisco niente, ma ora non voglio neppure sapere. Voglio solo un prato e tenerti per mano. Voglio sentirti raccontare e raccontarti. Non chiedermi perché, ma ho la sensazione che sia l'ultima opportunità che ci resta. Su questa terra almeno"

Abbiano il vuoto alle spalle, ma se qualcuno sta educatamente bussando alla porta, il presente è qui ed esiste.

"Non muoverti"

Il calco dell'uomo si allontana, la lascia distesa sul letto in attesa di materializzarlo ancora e sentire la sua pressione bruciante, l'impeto del ricordo intenso tanto da sembrarle un delirio.

L'uomo apre la porta e una cameriera slava gli dice di avere portato la cena

"La signora l'aveva richiesta"

Entra composta e artificiosa come la fotocopia sbiadita di una diva anni '50.

Il passo che vuole essere discreto-elegante, fianchi stretti e vestito nero che scivola sull'assenza dei glutei.

Gli occhi no, gli occhi sono spie veloci e curiose.

Guarda nella direzione del letto dove Jane è coricata-solo pelle.

"La signora non c'è?"

"È in bagno"

Loro si vedono. La cameriera vede l'uomo come se fosse.

Jane vede la cameriera, non vede l'uomo ma ne sente l'odore, la pelle il sudore. La massa corporea.

"Ma lui mi vede?" rimugina mentre la porta si chiude alle spalle della bionda sbiadita.

Voci nel corridoio rimbalzano fra la normalità del quotidiano.

"Ehi Alina, che fai stasera?"

Sono vicini, dietro l'uscio chiuso, la cameriera russa e un uomo, parlano basso ma non tanto da non essere compresi.

Nei Motel si spera di amare.

Un tempo luoghi di degrado e perversione, sesso extra, sesso strano, sesso misto, sesso a pagamento, erano diventati nell'ultimo periodo il luogo di rifugio di chi sognava d'amare.

Esseri umani stanchi dell'amore sottratto, sofferenti del nulla e del sesso seriale, esseri umani anarchici e pericolosi che si nascondevano come antichi eretici.

Nei motel camminava il deserto quel giorno che Jane era arrivata in albergo - salita al settimo piano, chiusa in una stanza prigioniera delle sbarre di pioggia metallica.

Quella stanza al settimo piano forse non era altro che un sogno d'amore che non trova pace. Oltre la vita, oltre il progetto. Esattamente nel luogo dove vivono il sogno e l'amore. La psiche che trova un contatto dove il cielo non è più e il vuoto non spaventa.

Improvvisa una scossa, come terremoto, la camera ondeggia e poi ruota, prende a fare capriole.

Jane si alza dal letto come se una molla l'avesse fiondata verso un angolo della stanza. Solleva il coperchio di un vassoio e agguanta con la mani piccole da ragazzina invecchiata la frutta esotica che sta nel vassoio. Inizia a divorarla come una selvaggia affamata. Ingoia, non lascia mai il vuoto nella sua bocca.

"Ho fame" mentre guarda in direzione dell'uomo che non vede.

"Ho fame di tutto-di vita di sesso-di suoni e di colori. Vedo le are azzurre dell'amazzonia, sento l'umido dell'equatore sulla pelle. Ho fame di zanzare, di serpenti… Voglio vivere. Voglio i deserti che mi sono persa, le tue mani addosso. Non so se mi hanno mai accarezzato, ma è come se da millenni si fossero posate sul mio corpo… e poi ritratte, e poi rimpiante e poi trovate e ritrovate. Vorrei ingoiare la terra e gli altri uomini e portarli con me. Non so dove. Rispondimi, non voglio ascoltare il silenzio…"

"Lo sai che ti ucciderò, vero?" fu la riposta.

È stato quando l'ultimo vulcano ha eruttato e le spiagge di tutta la terra sono state ricoperte di cenere. Mentre la pioggia di lapilli bruciava le foreste, i salici sulla riva dei fiumi, mentre le nuvole venivano inghiottite dal buio della pece, si preparava il grande diluvio di quelle giornate.

La stanza navigava in un mare di psiche e sogno, un fiume di lava infuocata trascinava la zattera di quei giorni naufragati nel dubbio e nell'attesa.

"Lo so" ribatte Jane.

Da qualche parte ancora esiste la casa blindata, i muri esterni umidi per l'afa. Sudati come avessero vita.

Niente muore-tutto muore.

Jane. Allora, in quella stanza refrigerata che non permetteva la decomposizione del corpo, non se lo domandava ancora.

Soffocava come una prigioniera e si chiedeva quanti sarebbero stati gli anni della sua condanna.

"Jane non esci?"

"Jane tu hai bisogno di un uomo"

"Jane io sono qua che aspetto"

Per questo Jane non rispondeva al cellulare.

Si può morire in una giornata d'estate?

Certo, ma l'aveva sempre pensata alla romantica. Una notte stellata e i grilli, una lunga camminata verso l'infinito.

Eppure

Jane devi stirare, Jane devi sperare, devi fare la spesa, Jane devi studiare, "Aspetti un figlio Jane"-

Jane devi pregare

"Hai perso un figlio Jane".

Devi lottare ,devi amare, non te stessa: "Gli altri Jane"

Devi curare pensare pulire subire… subire… subire

"Devi uccidere Jane!"

X comandamento

"Non uccidere Jane, perdona e avrai il regno dei cieli!"

"Abbassa gli occhi Jane e accetta"

Piangi, piangiti addosso Jane e quando avrai gli abiti intrisi delle tue lacrime, qualcuno ti farà una carezza.

Figliola abbi fede, magari ti diranno.

"Dio ti ama"

Ma su questa terra, sull'asfalto sciolto, fra le auto che si inseguono, in mezzo a queste case, in una periferia che si finge verde?

Ma chi ama Jane nell'afa e nell'aria condizionata?

"Ti aspetto Jane" "sei sexy Jane" "sei forte Jane"

Ma Jane non risponde al cellulare che suona, è stanca

"Jane ama te stessa, per potere amare gli altri"

Un giorno Jane aveva iniziato un walzer. Lo ricordava esattamente, mentre il cervello liquefatto dall'afa condensava e si rapprendeva sotto l'effetto di una refrigerazione estrema.

Nel pensiero congelato vedeva le rive di un fiume affollate di zanzare, l'erba asciutta e pungente e un sogno scorrere sull'afa- Zingari e violini. Lunghe gonne giocate sulle note, i colori di fiamma e di morte.

Un cantastorie, chitarra appoggiata al ginocchio, inventava la vita sulla vita tzigana.

Musica e danza si mischiavano in un cocktail soporifero.

Sfumava nella sete e nel sonno si sedava, insieme all'ipnotico roteare di un walzer d'opera lento, sinuoso. Infinito q.b. per essere l'ultimo. Un serpente che si allunga fino a essere eterno e condurre nel passaggio di una vita alla successiva.

Una giovane donna tzigana correva e piangeva nella direzione di Jane e quando apriva la porta della sua casa in periferia, la giovane zingara le precipita addosso come una valanga.

È bassa e carnosa, ma giovane e soda, impreca nel suo dialetto, si divincola dalle braccia di Jane che cerca di calmarla. Entra con l'arroganza di chi non ha niente perché il mondo è suo.

"Da dove vieni?" ripete Jane concitata e quella non capisce.

"Fai finta in realtà, sai la mia lingua. La sapete tutti!"

La ragazza si volta verso la porta aperta sull'afa.

L'aria è solo baluginare di riflessi caldi. Morgana illude la vista e il cervello la segue.

Dov'è il resto del pianeta? Non c'è il giardino minimo di un pianoterra di periferia. Non esiste la strada sufficientemente larga perché i ragazzi si impennino con i motorini. Via le auto parcheggiate. Cancellato tutto. E Jane lì, con quella zingara isterica fra le braccia che riprende a dimenarsi.

Dal vuoto dell'esterno si avvicina una figura d'uomo, alto e forte. La ragazza si divincola, chiude la porte, gira la chiave, inserisce la sicura. Ha paura, non recita. Glielo si legge nei muscoli che vibrano a vista. Non trema,ma è scossa in tutto il corpo.

Jane pensa a una crisi epilettica. Ma l'uomo batte coi pugni sull'uscio. La paura è contagiosa, Jane prende per mano la ragazza e si rifugiano nell'angolo opposto della casa.

Accucciate come due animali spaventati, una sull'altra per proteggersi.

L'uomo batte e ribatte, la porta cede ai suoi calci.

"Dove siete!?" urla.

Urla ancora, non smette di urlare, si trasforma in un'eco che scema…

Ma quella camera 781 è chiusa. Nessun rumore. Pace silenzio.

J. è sola. Sola come spazzatura spaziale.

Persa per sempre o catturata dalla gravità. Semplicemente in orbita, forse.

O sulla linea tangente che la porterà a farsi catturare da un'altra gravità.

E sarà un altro sole, altri pianeti senza lune o con troppe lune.

"SCAPPIAMO, torniamo sulla terra non possiamo vivere qui. Morire in poco tempo."

Jane non ascolta più le grida, il trambusto, la gente che scappa, urla corre e si fa calpestare. Quanti morti ci saranno? Incalcolabili.

Se morirà sarà con calma. O per lo meno da sola.

Morirà per mancanza d'ossigeno.

Ha intorno il vuoto, ancora aria respirabile. Questa non mancava.

Jane chiudeva gli occhi e sentiva precise le mani di un uomo che la spogliavano della sua pelle. Piano come fosse una buccia di pesca, quelle morbide e sugose, tiepide di sole. Non provava dolore.

Sentì la pressione di una lama sotto il seno. La sentì incidere i muscoli, aprirli, estrarle fegato e cuore. Percepì che l'uomo li portava alla bocca e li mangiava calmo, rituale.

La scena finale poteva essere quella. E chi guarda, cosa pensa? Un ritorno alla legge tribale? Il tempo acchiappato per la coda? Il tempo che scivola come un'anguilla, esce dalla mano serrata e ti piove addosso come un acquazzone equatoriale?

Un tempo avrebbe pensato di essere stata rapita e drogata. Avrebbe pensato a un viaggio nel spazio breve di un'allucinazione.

Viaggio eterno, senza ritorno.

Ora apre la porta della camera 581

"Ecco la colazione signora"

"Grazie, l'appoggi pure sul tavolo".

Aveva addosso un pigiama da uomo era assonnata ma stava bene.

La cameriera girava sui talloni e se ne andava

"Aspetti"

"Prego?"

Le sorrise, le mise in mano la mancia.

"Che tempo fa?"

"C'è il sole, signora. Si può andare al mare".

Ancora una cosa

"Il signore mi ha detto di scusarlo. E' dovuto scappare"

"C'era un uomo con me?!"

"Tranquilla signora, non faccio chiacchiere".

Jane alza la tapparella e guarda fuori. Entra una luce scialba.

"Non c'è un gran sole"

Guarda in basso.

La strada è vuota.

Deve essere presto. Gira per la stanza cercando un segno, un messaggio, qualcosa.

Niente.

Neppure soldi sul comodino.

Apre l'armadio, prende il trolley, lo riempie del pigiama che si toglie di dosso. Spazzolino, poco altro.

Lascia la colazione. Scende al pianterreno e va verso l'ingresso.

"Signora…" la chiama il portiere.

"Dica"

"Il conto… la sua parte s'intende. Mi scusi"

Perplessa si avvicina e porge la carta.

"Come ha passato la notte? Soddisfatta?" dopo una breve tregua, pensa di avere fatto una gaffe "Della camera e del servizio, intendo"

Jane lo guarda negli occhi, strafottente. Labbra serrare, fronte corrugata

"La prossima volta che nasco faccio la puttana". Risponde.

In Fondo Non È Successo Niente

È un flash-over con molta probabilità.

Il giorno dopo l'apocalisse, quando ti accorgi che non era poi così grave.

Il movimento stanco dei rami, le foglie ancora verdi prosciugate dalla fatica. È un giorno di macerie.

Il respiro del vento è ansimante, il mio gli somiglia mentre il sangue pulsa calmo e una moderata dose di traffico sembra avere assunto farmaci miorilassanti.

La forza resiste nonostante - logora, tenace. La rabbia è passata, la pace è davanti.

Eppure prima della pace l'attesa diventa timore. Un accenno sottile di vaghezza.

Una perdita sembra imminente.

Sto scivolando davanti alla camera mortuaria, ci scorriamo vicine e ci ignoriamo.

Forse stiamo cercando un motivo per alzare la testa dopo quella che deve essere stata una grande ritirata. Io non ne ho memoria e se osservo leggo negli occhi degli altri una vacuità sconcertante. Sui volti un'insolita compostezza.

Forse stiamo rinunciando-o forse nascendo-rinascendo.

È un flash-back.

Ci eravamo rintanati nelle vecchie gabbie, impauriti, indeboliti dalla docilità che ci scendeva sulla pelle, facendola fragile, inconsistente.

La paura degli animali da zoo è diversa non somiglia al bisogno di difendersi.

L'animale si accuccia in un angolo e piange, come noi.

Indifeso, senza armi, senza soluzione. Mostra i denti-non reagisce.

Poi ci prova, ma è sconfitto. Rinuncia.

Suscita pena nel suo chiedere aiuto al silenzio che precede la salita del vento dal confine.

Rosso acceso e poi buio-fumo grigio e pioggia. Infinita - pesante. Rovesciata sul piazzale dell'ipermercato sulle strade deserte. Sulle auto seviziate. Il frastuono del nubifragio copre gli inutili pianti di una timida paura.

È un calendario che abbiamo in memoria. Ogni tanto la fine del mondo.

Per placare gli animi, accettare l'idea che non siamo.

Non mi stupisce quindi sentirmi allontanare dal suolo e vedere gli altri fluttuare inconsistenti senza contatto alla terra.

Siamo Angeli? Siamo idee o energia, campi magnetici. Viviamo un racconto non svelato.

Mi si avvicina un uomo, è magro abbronzato, uno scheletro esile e occhi scuri persi nel tempo. Eppure mi pone una domanda precisa. È gentile

"Mi scusi ricorda qualcosa di ieri?"

Guardo il datario dell'orologio

"27 Maggio"

"No non intendevo quello. Non mi interessa la data. Lei ricorda cos'ha fatto ieri. Ricorda cosa è successo, ha letto il giornale? Ieri... stava bene?"

Lo guardo disorientata.

Non ricordo.

Mi concentro.

Vado indietro.

L'altro ieri e poi ancora ma potrei arrivare agli anni e non ricorderei. Comunque non ricorderei.

Lui mi fissa - io alzo gli occhi. E il vuoto mi possiede. Sono come gli altri.

Il mio sguardo è perso.

Mi guardo le spalle.

"Dove siamo?" Gli domando.

"Qui e ora" mi risponde.

"È così per tutti" per il ragazzo che passa in moto, per la vecchia che aspetta il verde al semaforo nonostante la strada sia deserta.

Per l'uomo che ho davanti

"È così dovunque" continua.

"Non è vero" stride una donna insolitamente agitata. Gli occhi sporgenti, ipertiroidea, secca come il suo scheletro.

"Girate l'angolo! Andate!"

"Su andate" continua ossessiva e mentre decidiamo di ubbidire, scappa come avesse avuto paura.

È ridicola nella sua corsa, un burattino con arti rigidi, articolazioni lasse, un burattinaio di scarsa esperienza.

Che giornata è questa?

Chi ci sta prendendo in giro?

Guardo il compagno di strada appena reclutato. I suoi abiti normali, il volto rasato, l'incarnato bruno e lo sguardo assente.

È un flash-over su un mondo virtuale.

È un sogno notturno tradotto in immagini sullo schermo di un nuovo computer che traduce e proietta l'attività cerebrale.

"Siamo nella sala di un cinema. Vero?" chiedo al compagno occasionale, che corruga la fronte al di sotto della linea fin troppo precisa dei capelli corvini.

Disapprova.

Ho detto una stupidaggine, la ritiene un'interpretazione banale. Non ha torto.

Eppure mi pareva plausibile. Siamo controfigure, in realtà stiamo altrove. In un nido gradevole, accuditi, con il becco aperto ad aspettare cibo. Siamo pulcini di falco, cuccioli di volpe avvolti l'uno sull'altro. Nascosti. Siamo protetti da un angelo, crediamo a Babbo Natale, ci svegliamo sorridendo a una madre, tranquilli del fatto che sarà lei il nostro scudo.

E intanto l'angolo è qui. Due passi e siamo oltre.

Un campo qualsiasi, padano, impersonale.

Ci fermiamo a considerarlo perlustrandolo con gli occhi, domandandoci che cosa in quel campo possa avere spaventato la donna.

Lo fissiamo fino a perderlo di vista, in una sorta di autoipnosi.

Quanti mondi hanno ospitato quel campo?

Probabilmente io e il mio compagno stiamo guardando due campi diversi. Venuti di lontano, affiorati nella mente.

Un campo felice attraversato da un bambino nei primi giorni di giugno. Dove ci si inventa la vita, per mesi, fino all'autunno successivo. Lo vedo nitido come se io lo stessi attraversando.

Lo sento tiepido della terra che calpesto e vivace dell'aria che si muove.

Ma quel campo piangerà, nell'autunno la nebbia si scioglierà fino a essere gocce, la terra sarà pesante, stanca.

In quel campo morirà qualcuno. Forse solo un sentimento oppure un ricordo troverà la pace di una sepoltura. E il dolore della tomba, del voler tenere in vita chi si è disperso nel respiro di tutti quei campi sommati, sovrapposti e poi ancora distinti, diventerà strazio, urlerà dell'assenza fino a congelarsi il cuore in un blocco di ghiaccio opaco.

E forse sarà il sogno di questa giornata a dare il senso alle nuvole che coprono la luce. La pacatezza dello scorrere degli anni e delle vite.

"Non sto bene" dico all'uomo che non ha più parole e mi sta al fianco.

Acchiappo il cellulare in una mano come se potesse scappare. Lo fermo.

"Voglio chiamare qualcuno" voglio sapere come stanno gli altri. Non ho un riferimento preciso, non so di chi parlo e mi sfugge il disegno di due occhi, una bocca, l'odore di una pelle.

Scorro la rubrica.

Mi fermo su un cognome. Vado a istinto.

Non risponde nessuno.

Ma una figura maschile si materializza dal nulla a una decina di metri da noi.

Si avvicina, è nitida. Sembra assumere connotati precisi che poi sfumano in altre fisionomie. Fino a qui, vicino a me. Mi parla mentre prosegue il cammino. Ne sono turbata fino a perdere l'occasione di vedere il suo volto nel momento in cui mi incrocia

"Ci sono registrazioni di pensieri e di immagini nel cervello di

ognuno, che non sempre appartengono al ricordo della loro esistenza. Appartengono ad altri esseri umani, di altri tempi e altri luoghi. Appartengono all'uccello che vola verso terre diverse, al coyote solitario. Al gatto di una donna invecchiata morta e ritornata,poi morta di nuovo...appartengono al suo gatto che cacciava lucertole in un prato, a un uomo non ancora nato al bambino che sarà, alle valli inaridite... ad altri... mondi... ad altre eclissi..."

La voce va scemando e io mi volto, sono sola.

All'improvviso ricordo mio padre.

Ma è un ricordo sfocato, lui non c'è. Qual era il contorno del volto? Com'era quando si piegava sulle ginocchia a guardare un insetto o un'erba selvatica? Non ho memoria del suono della sua voce perché l'eco si è persa - dapprima allontanata, poi incuneata nelle valli più chiuse degli anni accatastati. Poi ha rieccheggiato ancora fino al momento in cui ha lasciato l'atmosfera.

E poi si interrompe nonostante il mio sforzo non riesco a fermarlo.

Il mio ricordo non appartiene a me stessa.

Chi lo gestisce è impietoso, lo sottrae e lo alimenta a suo piacimento.

È crudele - è sapiente.

Ora ricordo una stagione diversa, una campagna meno monotona, ricordo un ghiacciaio e un mare in burrasca. Non so da che distanze arrivano, non so dove finiscono quando passano e se ne vanno.

Perché questo succede oggi, in un giornata fatta di niente?

Qui tutto sembra morto.

Eppure io aspetto, qualcosa sta nascendo.

La strada è semideserta, l'aria ferma. Le pozzanghere sono laghi bui. Il freddo ha rallentato l'afflusso di sangue e adesso tutto quello che vedo sembra ibernato. In attesa di resurrezione.

Oggi è il 28 Maggio sono le 20.

Rientrati per cena, penso.

Poche anime in giro. Ancora meno di prima. Anime lontane - sole - nessuno si parla, neppure si saluta. Sono stinte mentre l'aria *è pulita, qualche nuvola stracciata all'orizzonte vela il tramonto.*

È questo il motivo di tanta vaghezza. Un tramonto col velo.

Vaghezza e vaghezza, inconsistenza.

Dov'è finito quel compagno di strada bruno e magro, con negli occhi il riflesso di un viaggio siderale?

Sono stordita dall'attesa dell'apocalisse, delusa di averla attraversata e sconcertata dall'essere ancora qui, forse viva, con la convinzione che questo giorno di messaggi senza mittente, mi abbia devastata.

Per questo attraverso la strada sbadata.

Un'auto inchioda e l'uomo che scende mi sta per insultare, forse lo fa ma io lo censuro.

Dopo il silenzio di qualche secondo lo guardo negli occhi, lui sorride.

"Non si è spaventata vero? Sta bene vero? Vuole un bicchiere d'acqua, un caffè? "

"Lasci stare, tutto bene"

Accenno ad andarmene

"Come posso farmi perdonare?"

Mi trattiene per un polso, mi prende la mano, intreccia le sue dita alle mie.

Ora ricordo, ricordo la stessa sensazione, il tepore delle mani, la sicurezza incontestabile di esserci. Qui e ora. Non so a chi attribuire il ricordo, né a quando risale ma ho la certezza di avere già vissuto questo momento.

Perché la vita non finisce mai, ogni tanto ritorna. Ce l'abbiamo in memoria.

Luci Rosse

Prologo

Sono loro che mi aprono l'uscio.

Sono loro.

Le anime buie cui appartengo per il gioco del caso. Mi accolgono sempre, appena entro in casa.

La notte del ricordo, la paura nell'illuminare la stanza.

Non voglio vedere il volto di chi si nasconde nel buio. Non ho paura del buio, nasconde le anime che mi vogliono possedere, nasconde il volto di chi mi ha ucciso lasciandomi in vita, a consumarmi in una lenta agonia. Non posso concedere al flash di abbagliarmi la vista: vedrei i volti dei miei assassini mescolati ai flash di fotoreporter che scattano a ripetizione, come mitragliassero. Nel buio di una notte di pioggia, ad aumentare la confusione, il gioco di specchi che disgrega e moltiplica. Disorienta e acuisce quello che semplicemente succede davanti agli occhi.

Vedrei quei volti per la frazione di un tempo fuggito, non potrei fermarli e affrontarli. Mi lascerebbero in dono lo strazio della loro ferocia, il dolore di averne sempre conosciuto l'identità e di averla taciuta a me stessa. Perché non sono fuggita lontano?

Luci Rosse

Oltre la strada, nella notte movimentata di questa città, guardavo un locale, l'insegna brillava del rosso di sangue e di rosa d'amore. Sentivo un profumo intenso e invadente di uomo, di donna, di sesso.

Quando piove di notte la città si moltiplica, o forse si divide.

Diventa una malata mentale che si vede allo specchio e non si riconosce.

È lì, coricata sull'asfalto, lucida e lustra, schiacciata in una dimensione, è oltre i vetri bui dei negozi, lontana evanescente come se fosse l'anima. Dal cielo la vedono brillare come fosse una galassia compressa, addensata. Sta per essere ingoiata dal buio mentre l'aereo si allontana.

"Ehi ragazzina, quanto vuoi per fartela leccare?"

C'è un uomo al mio fianco, sotto i quaranta, capelli corti, volto squadrato, piumino e pantaloni cargo. Non vedo il colore, nel buio tutto si somiglia se non brilla e si illumina.

"Chi, io?" rispondo

"E chi se no!"

Forse lo guardo perplessa per un tempo eccessivo, minuti lunghi quanto gli anni di una vita stipata d'esperienze, non mi esce dalla bocca l'impulso a mandarlo a quel paese, perché la mente sta viaggiando, senza andare lontano nello spazio, ma indietro nel tempo. Quello se ne va ed è lui che mi manda al diavolo.

Lola Blut, aveva un padre dal cervello inceppato, come il grilletto di una pistola.

Non so perché mi ha attraversato il cervello questo pensiero. Ho conosciuto una certa Lola Blut?

Si scendono scale strette, per arrivare da Lola Blut, due rampe di luce rosso fiamma e la porta è stretta, qualunque, giù in fondo. Una porta scura, di legno, subito lì, alla fine delle scale. Si entra in una vagina. Un corridoio breve e buio finisce in una sala modesta e disadorna.

In fondo qualche asse di legno sollevata da terra. Una sedia e le luci intense gialle, impietose. Il locale ha forma ovale, per il resto sono sedie scomposte, come se chi le occupava si fosse allontanato senza curarsi di allinearle.

Passa un uomo, mingherlino e quasi anziano. Basso. Arrotonda la pensione pulendo il locale.

"Cerco Lola Blut"

"Chi?!"

"Lola Blut"

"Non la conosco" e continua immutabile nel passo lento e nell'espressione del viso. È sufficientemente lontano quando si ferma, si volta girando sui tacchi e, immutabile, mi conferma

"Non la conosco, ma adesso ricordo chi è, o meglio chi era. Io ero un ragazzino di circa 10 anni e si sentiva parlare di lei. Era una donna di una certa età, ma soda e disponibile… faceva spettacoli. Capisce vero?"

Capisco.

"Ma è morta e da non pochi anni… Lola Blut. Ne parlavamo e ci inventavamo quello che potevamo, sa, senza esperienza"

Si ferma e riflette

"Non che poi ne abbia avuta molta"

Gira e se ne va. Apre una porta ancora più piccola di quella da cui sono entrata, presumo un ripostiglio. Aspetto che esca, ma non succede. Mi sembrava un uomo mite e inoffensivo.

Forse apro quell'uscio.

Lo apro.

"Guardi che è privato" mi ribatte in malo modo, ma è vero, è là, in piedi fra scope e spazzoloni, una scale, un paio di secchi infilati l'uno nell'altro. Un ripostiglio.

"Cosa fa qua dentro?"

"Non le interessa, ho detto privato!"

Sto chiudendo la porta e lui parla da solo, borbotta

"Una gran troia anche lei, come quella Lola"

Mi allontano, la sala , il corridoio corto e buio, le scale. L'uscita in strade è alla fine della seconda rampa e continua a piovere.

La notte si fa fatica a vedere quando piove. Luci, lucido, riflessi. Non sai più dove sei.

"Ehi ragazzina, ti sei decisa… almeno fattela guardare!" accelero, ma non ho ansia, vorrei consigliargli di andare da Lola, ma è morta.

Una vecchia lo avvicina, curva, sfiorerà gli ottanta

"Giovanotto ho sentito. Se vuole faccio io"

Lui si volta, la squadra

"Gratis!"

"Gratis"

"Tu sei ferma al palo" mi rimprovero. Sorrido.

Come ci sono capitata in questa situazione?

Non lo so, ma la pioggia, la confusione, le luci di un locale, rosse e pulsanti, l'odore di pioggia e d'inquinamento e un odore di carne, sudore, umore. E poi quel nome, Lola Blut.

Come potevo conoscerlo? L'avrò letto da qualche parte, ma perché ne parlano ancora?

È un sogno buio, Lola. È la stanchezza, la rassegnazione.

"Senti qua, annusa" è la vecchia di prima" senti che odore di stantio ha la mia carne… odoro di vecchia! Eppure quel giovanotto è venuto con me. È stato lì a guardarmela, seduto. Sono passati minuti e poi mi ha detto: coprila! C'é tanta follia in giro ragazza mia."

Me la sono ritrovata sotto casa e non la conosco neppure.

Quella vecchia potrebbe essere una portinaia, ma in questi condomini a dimensione ridotta, casupole tristi e azzurrognole, concepiti in antitesi alla cultura del grattacielo, costruiti al risparmio, abitati da single o da coppie -massimo un figlio bambino- una portineria si vede solo nei vecchi film, è storia popolare, un fatto di costume.

Indossa un cappotto grigio perla , foulard appena più vivace le avvolge il collo, berretto sulla testa con ala corta colore in nuance più scura rispetto al tessuto pesante del cappotto, al braccio una borsa marrone. Ha una certa eleganza, che chiamerebbe decoro. Le unghie laccate, il rossetto vivace. Tutta qui, cosa posso pensare di lei?

Le auguro buonanotte e apro il portone.

Un piano rialzato e altri due, senza ascensore. La coppia che abita di fianco a me sembra avere i mesi contati, eppure vanno, gradino dopo gradino si portano anche i sacchi della spesa. Uno a testa. E a qualunque ora della notte l'odore di cibo, stimola, nausea, ma sempre mi infastidisce. Dicono che un corpo sia un pezzo di carne, oggi odora di rosmarino o salvia per essere cucinato, è quel misero chilo o poco più di un coniglio scuoiato o quel trancio color additivo, rosso di sangue fresco, di un arrosto di manzo. Ma il sangue non cola, mi domando come faccia a non colare o non illividire un pezzo di carne, me lo domando spesso al reparto carni fresche, mentre faccio la spesa.

Un corpo odora di iris di rosa o d'incenso per essere desiderato. Stimolanti di ormoni sessuali, aroma-terapia per una sessualità anemica. Mentre incrocio donne e uomini per strada, e il mio profumo si mischia al loro in un unico *potpourri*, mi domando come ci si possa scegliere e avvicinare nel caos dell'olfatto. Si pesca a caso; chi c'è, c'è.

Nella notte sento che piove a dirotto, in quel poco di notte che mi rimane.

Insonnia, insonnia ,quell'insonnia irrequieta e scalciante, quando niente riposa perché ogni muscolo fa male. Contrazione forzata senza ritorno, dalle gambe alla schiena e le spalle e le braccia. I muscoli facciali. È uno spasmo crescente, simil-tetanico.

Eppure sogno. Il cervello pesca a caso qualche flash, a spezzoni. Un trailer da due soldi, messo insieme senza impegno. Una gran confusione tra incubo e fatto del giorno.

Quando piove di notte la città si moltiplica entra in casa, ti invade la stanza da letto con le luci frammentate, troppo intense, alternate al buio lucido dell'asfalto bagnato, un riverbero di luce lunare, poi di nuovo, violento, giallo-arancio - rosso. Violetto.

La città si insinua dentro il sogno e lo moltiplica. Difficile possedere una sola identità, quando piove fra l'asfalto e il via vai senza pausa.

"Chi è il pazzo in questa casa?! CHI!? Ditemelo, lo voglio sapere?!"

Mi giro rigiro, mi si stacca la testa me la trovo di fianco sul cuscino accanto. La prendo con le mani, la stringo forte, la metto sul mobile della stanza. Mi vesto, esco.

Ancora è notte. Al pianterreno sbattono porte, volano piatti, urla si mischiano, qualcuno è pazzo, chissà.

È notte vera, quella segreta. Cammino sicura e incurante di chi incrocio, arrivo davanti al locale e annuso l'odore di rosa e sudore, scendo piano le scale apro la porta, imbocco il corridoio.

"Finalmente Lola!" un uomo tarchiato, basso, squadrato e abbronzato, voce bassa, da intervento alle corde vocali.

"Ti aspetto da due ore! Hai idea?"

Non rispondo, so cosa fare, mi slaccio il cappotto e sono Lola.

Lola aveva avuto una misera vita.

Un padre che voleva sparare sul mondo e aveva il grilletto della psiche inceppato. Tentava, tentava e non ce la faceva. Allora se ne stava seduto in poltrona, una poltrona damasco sui toni del verde, verde salvia, verde discreto come crede la gente che appartiene al ceto del buon senso.

Schioccava la lingua senza requie, poi si alzava, accendeva la luce e la spegneva 7 volte, con la stessa insistente compulsione, ogni giorno, ogni ora, al ritorno dalle ore di lavoro. Tossicchiava, si sedeva e si alzava sette volte prima di riprendere a schioccare la lingua.

La madre la chiudeva in una stanza ogni 7 giorni, ce la lasciava dal mattino alla sera, poi le apriva e le diceva

"Sei cattiva"

Lola taceva

La madre le diceva

"Io lo so, morirai presto, sei una bambina gracile"

Lola non era malata, taceva e comprimeva la vita dentro il suo piccolo corpo fino a urlarsi dentro. Col passare degli anni il rimbombo tornava ed era la voce della madre

"Lola, non concluderai niente nella vita, sei debole, lasci che gli altri facciano di te ciò che vogliono"

Lola era bella e sottile, tremava dentro. Lola voleva studiare psichiatria. Ma la madre le disse

"Lola sei tu che vuoi che muoia!"

Lola parlò

"Mamma, sei pazza! Come mai potrei dire una cosa del genere di mia madre?"

"Lola, l'hai detta, io l'ho sentita"

Sua madre era affetta da psicosi delirante, il padre non vedeva-non sapeva-non sentiva, impegnato com'era a contare i suoi passi dal bagno alla cucina, e per di più si era malata di cancro. Fu allora che Lola capì una verità semplice e inaccettabile: la madre l'avrebbe voluta morta da sempre, perché di lei non se ne faceva niente, costituiva un problema quando tossiva, quando taceva, quando leggeva o guardava nel vuoto. Lola disturbava le ore del padre che doveva contare,, moltiplicare per sette, sottrarre passi o e aggiungerli, accendere la luce e spegnerla. Quando per un accidente qualsiasi il rito conteneva qualche errore, allora il padre si irritava, poi urlava, bestemmiava con rabbia feroce di una preghiera negata

"Ma dove cazzo sta 'sto Dio, se ne sta lì impalato?" doveva aiutarlo, invece, aiutare lui che era prigioniero delle sue ossessioni. E invece niente.

Il padre andava alla stessa messa, la stessa ora, ogni domenica, lo stesso posto. Se la madre stava male si doveva trascinare ugualmente al suo fianco, per sentirlo borbottare contro gli altri

"Poveri dementi, pecore. Solo pecore"

A volte le minacciava… ma non faceva niente se non ricominciare il rito dall'inizio e poi ancora ed ancora, per punirsi e punire la sua disattenzione e così il 7 si moltiplicava per sette.

Sempre più spesso la gracile Lola guardava nel vuoto, oltre il vetro della finestra, cercando nell'aria una via di fuga, come le mosche o le zanzare. Voleva le ali, ma non per sognare. Per andare lontano.

La madre scivolava sugli stracci per mantenere lucido il pavimento spegneva le luci che lui lasciava accese. Il padre alzava la voce, la madre accendeva la luce.

Lola se ne andò di casa subito, forse era ancora bambina, ma già lì, fra di loro, non stava. Non piangeva, non rideva, non giocava. Aspettava. Quando poté cominciò a frequentare locali, da sola. Locali qualsiasi, prima di giorno e qualcuno le chiedeva

"Me la dai?"

Lei si alzava dal tavolo dove stava aspettando che qualcuno l'abbordasse, lo seguiva e non voleva denaro.

Quella notte invece era lì per denaro.

"Lola, qui si va giù pesante. Lo sai, vero?"

Lola annuiva ed era immobile, l'emozione non la sfiorava.

L'uomo la squadra per qualche secondo e nota la freddezza del suo sguardo, i gesti definiti e inconsistenti.

"Si, vai bene. Posso giurarci!"

Lola aveva imparato a non esserci, mentre c'era. Era stata sopravvivenza. Legittima difesa. E ora era perfetta per essere Lola Blut.

"Quando comincio?"

"Domani 23,30"

Lola non aveva anima, ne era certo. Non si curava di nulla, né di sé, né degli altri, Lola non soffriva e non aveva pudore.

"Perfetta" ripeteva "perfetta"

Lola era un transito per il volere degli altri, anche di questo era certo,

"Ma non sono uno psicologo"

Lola era: soldi sicuri.

Lola non si fa mai male.

Lola non c'è. Aveva imparato a non esserci, dove invece era.

Lola altrove, passa nella vita e nessuno lo sa.

Lola sola.

Quando al mattino mi alzo, incontro Angela che torna.

Angela che cammina sopra un murales, lungo quanto il muro del centro per tossici. Una pittura efficace e infantile, con le casette e gli alberi, le auto dei fumetti, un cane gigante che abbaia in primo piano. Il fumo che esce da un camino. Un sogno tradito.

Angela ci cammina sopra, non poggia neppure i piedi per terra. E' figlia di quelli del primo piano che urlano e si tirano piatti, quando Angela non c'è. Quando è a casa, anche a origliare si sente solo silenzio, un silenzio intenso e forzato, ossessivo, esplosivo.

"Buongiorno Angela"

Lei sorride, ha finito il suo turno di notte nel bar della stazione qui vicino,ma smonta alle 4. Chissà se i suoi si sono mai accorti che Angela sta in piedi grazie alle anfetamine, a quei mix economici che di notte si trovano come funghi dopo la pioggia in un bosco di pini?

So che Angela ha un sogno d'amore, vuole un uomo vicino che le dia la mano e passeggi con lei sui murales. Vuole scappare, volare. Vuole cadere.

Non hanno mai pensato che Angela fosse reale, esisteva perché loro stessi esistevano, ma Angela era solo un'idea, un omaggio romantico all'amore e ora viveva disegnata sui murales. La madre passava con la borsa della spesa e guardava la figlia come una nemica, mentre scivolava tra lei e il muri dipinto.

Angela non incontrò mai Lola, ma soltanto una vicina di casa, di cui non sapeva niente, con cui scambiava solo un saluto.

Quando Angela se ne andò, nessuno si scompose, era solo apparsa, nella vita degli altri, come una chimera, senza arte, né parte dicevano, senza grinta e coraggio.

"Non si può sciogliersi come ghiaccio al sole in poco più di vent'anni. Del resto, se non era stato prima, sarebbe stato dopo. Dicevano.

Nel buio della notte di Lola io fingo di essere una Puttana di periferia, una che si esibisce e tutto il resto, ma intanto cammino avvolta in un trench, sfiorando i muri e carezzando i murales dove Angela aspetta di non essere più sola. La città si riflette nella pioggia e sull'acqua del fiume, c'è una gran confusione.

"In che anno siamo?" Mi chiede un vecchio ubriaco

"È oggi, niente più." Gli rispondo.

"1930 o giù di lì ribatte alterato dalla sbronza e da una dignità offesa, forse Vorrebbe dire tu non sai

"Tu non sai che mio padre era tedesco, militare della Wehrmacht.

Lui si che viveva, finché non l'hanno ammazzato, donne festini orge e poi raccontano che fosse il prediletto di una certa Lola, cabaret, avanspettacolo, una gran puttana." Borbottava tutto questo. Biascicava una storia che lo affascinava, storia grande, che lo faceva sentire importante. Pensava di far parte del mondo e non delle storie dove non sai da dove vieni o dove vai.

Una certa Lola che aspettava le bombe sulla testa e intanto impazziva per la vita fino a farsi male. Quella Lola che lavora nel locale a luci rosse ora, in questa città sdrucciolevole, che si specchia, si riflette e si frantuma, ma è vera più di quanto l'ubriaco pensi.

Sirene bucano la notte, sembra un copione.

"È la guerra" è calmo il vecchio rassegnato in attesa che succeda quel che accade.

Le sirene della polizia, dell'ambulanza.

Lo lascio e vado verso un assembramento di persone. Polizia e Ambulanza ferme. Pioggia addosso, insegne accese. Mi domando se non sono figlia della figlia di Lola. Abbandonata davanti a una chiesa, mia madre. Finita felice di lucidare il pavimento e di avere un marito dal cervello inceppato. Mi faccio domande su domande mentre la pioggia non cessa e il gioco di specchi mi protegge dall'aggressione che voci e immagini mi procurano.

Una voce calma di donna racconta a un uomo che le si avvicina

"Certo che è morta, come può essere altrimenti? Sono arrivati i pompieri, stanno scendendo dalla riva verso il fiume. Chissà se la ritroveranno?"

Ve lo sapremo dire nei prossimi giorni, ma è Angela che ha fatto il suo primo e ultimo volo.

Trauma

C'è un angolo buio nella scatola dove sono prigioniera.

È l'angolo dove l'urlo è rimasto inespresso e mai più potrò udirlo.

"Non aprire quella scatola! Lasciala chiusa! Lasciala dov'è! Gettala lontano dove si perde nel tempo. Lasciala andare come l'anima di un morto che chiede l'eterno!"

Quella scatola contiene il buio.

Ma la luce... la luce, da dove arriva?

È la memoria dell'inizio, una storia interrotta il crash di un urto violento contro la parete del mondo.

Mi sono spaccata, spezzata, divisa.

Mi sono respinta, odiata, adorata.

Ho buttato la vita, venerato il delirio di un altro percorso nel tempo, di fianco alla strada.

Un poco spostata, un poco temuta, soggiogata da un urlo inesploso, segregato nel buio.

Un padrone che accerchio, esorcizzo. Un dolore piegato, sconvolto, un dolore esistente tra le pieghe della mia pelle, una voce che sibila e poi si trasforma nel frastuono di un treno che si avvicina. Veloce, più veloce... e poi decolla diventando un volo. Per sempre.

Odissea nello spazio. È possibile. Senza tregua, senza tempo.

Per sempre.

Questa è la vera condanna.

E la scatola è lì - serrata davanti ai miei occhi.

C'è l'impossibilità nascosta in un cubo.

L'impossibilità di capire "Perché?"

C'è la vita che scorre al mio fianco e io l'amore lo vorrei, cercherei, bacerei, io l'amore, il mio corpo, il mio cuore e la culla fra le braccia di un uomo.

Ma io sono una puttana, io sono la strega che annega le sue povere vittime in un mare d'inferno.

Io sono la colpa degli altri, io sono serva di un atto inconsulto, di un desiderio criminale, di un gioco demente.

"Apri quella scatola, è ora" mi dico e ridico.

Non portarmi nel sabba infelice che uccide, non rubarmi al sogno terreno, l'illusione di guardare negli occhi di un uomo e sentire d'amore.

Fra la foschia rasoterra che divide il busto dai fianchi, sopra il tappeto d'ovatta, la mia testa che vola lontana, vicina al ricordo banale di un'ora d'amore.

I piedi pesanti, stanchi. Il cuore dolente e malato e un prato per correrci insieme.

"Buttala quella scatola. Aprila quella scatola."

C'è un angolo buio. Ne ho paura, fa freddo e mi abbraccio. Sono sola.

La scatola è davanti. Uno stupido oggetto. Sarà vuoto!

Ma se apro e sento quell'urlo?

Sarai libera.

Sarai schiava.

Sarai folle.

Sarai morta.

Sarai tornata.

Lo so, io sono dentro, minuscola donna nascosta.

Non è vero, tu sei fuori, una donna che vive e lavora che sorride e poi piange, che sta sola e poi ama, poi sta sola, poi rincorre un ricordo felice...

Lo so, tu sei oltre. Tu sei altro da questo, il confine del mondo - l'universo.

Eppure oggi è autunno, l'autunno che stringe la gola. Il ricordo è del pianto che non sa salire.

Io apro quella scatola.

E mi invade la luce.

Allora: un giorno come gli altri. Non solo: un giorno lucido e patinato dall'aria insolita a mulinelli. Un giorno vivo, ma turbolento. Niente di più, niente di meno.

La luce è forte, mi dà dolore.

Mi passa dentro, mi apre in due.

È raggio sottile, fa male, trafigge e incendia di sofferenza, un'arma nuova. Non versa sangue.

Il sogno di Satana. Confondersi nel volto degli altri fra i pensieri nascosti dove dico e non dico.

I pensieri divaricano il loro cammino. E il segreto rimane nel fondo, caduto in un pozzo di cui non vedo la fine.

L'orrore che non lascia segno.

Nell'ultimo girone del cervello. Qui non scende nessuno, le anime stanche che non trovano pace stanno fuori prive di lasciapassare. Solo il patto col diavolo permette di entrare.

Quanti coltelli volano e danzano davanti ai miei occhi, mai nessuno ferisce.

Ne voglio uno, uno solo. Che il mio sangue bagni la terra. Che tagli di netto il bene dal male. E divida la testa a metà.

Voglio vedere il mio cervello. Voglio asportare il tumore di impulsi - conflitti, virus mentali, sconosciuti alla scienza. È sconforto - confusione. Cerco l'angelo da opporre al demonio. Santità senza senso, d'altri tempi, altri altari.

Voglio dividere le cellule, isolare la malattia, curarla bruciarla - voglio risanare la piaga, annerire i bordi del cancro.

Ricostituire, ricostruire.

Perché io sto morendo… sto morendo…

Perché sto piangendo. Sto uscendo dalla scatola buia, l'urlo è passato oltre.

Ancora una volta senza eco.

La lama di luce si è infranta dentro il mio corpo.

La ferita nascosta fa male.

E rimane solo buio.

Cosa è stato? Quando è stato?

È il mio sogno, la vita è follia?

E se l'avessi inventato?

E se niente fosse successo se non nella terra sconosciuta gelata, infuocata, buia e accecante, la terra di Psiche?

Ma questo buio, così inconsistente, così doloroso è sorto come un'alba d'apocalisse.

È stata la notte del nuovo mondo, trafitta da lampi, sorvolata da deliri stellari nella pace di un cielo d'azzurro e di stormi migranti.

Ora è buio sulla terra.

Ho aperto la scatola.

Incosciente, coraggiosa, disperata guerriera contro il cavaliere senza volto.

La ferita di un tempo, strazio di oggi, dolore silente dei giorni futuri.

La scatola dorme. Si è chiusa da sola.

Le anime in pena cercano l'eterno, mentre la giornata prosegue pallida. Un costante tramonto dall'alba alla sera l'accompagna indifferente.

Malinconia.

LA CITTÀ DELLE CHIMERE

Prologo

Qualcuno su in cielo sta facendo a pugni. Sono bande rivali che non trovano posto sulla terra. Non c'è più spazio per una scazzottata, i fight club sono ormai in ogni strada. Per questo si cerca spazio in cielo e per questo il cielo non è più azzurro, né grigio, ma bluastro come il sangue rappreso sotto la cute di chi viene colpito.

Nessuno conosce l'inizio della storia

La città delle chimere

L'alba aveva il colore di un ematoma, bluastro - pulsante-verdognolo, quando il sole malato d'ombra della città tentava di accendere la sua luce.

Mentre le lampade della notte si spegnevano, s'ingrigiva la via. Sul fondo la malattia nasceva, avanzava e diffondeva il malumore di una febbre maligna e debilitante.

Qualcuno nella notte aveva fatto a pugni; due bande rivali di ragazzi, un ubriaco con se stesso; intanto un esiguo gruppo di barboni macilenti camminava verso il porto deserto.

Qualcosa turbinava sopra l'orizzonte. Era una tempesta o erano identità sfuggenti, tangenti di ricordi antichi simili tanto alle grandi paure sepolte nei secoli, quanto alle impalpabili speranze che la paura partorisce.

"La paura è la tua forza" rutilava in sottofondo una voce senza origine. "Se non provi paura non ti va di sopravvivere, che sia o non sia, poco ti importa."

A Pauline mancava l'istinto di conservazione, nel suo mondo total-black a due dimensioni, dove il bianco serviva a dare esistenza alla notte e le finestre erano piccoli riquadri impilate una sull'altra lungo le mura di edifici piatti, alti e stretti, non valeva la pena di andare all'indietro e ricordare, né di pensare alla vita o alla morte.

Pauline era soltanto un'ombra, un disegno per la strada.

Pauline era una donna disegnata sull'asfalto.

L'aria era fredda e cruda, mal conservata, cucinata sarebbe stata ancor peggio. Il calore avrebbe esaltato il disgusto, ammorbidito i confini e assorbito ogni corpo a quell'aria malata.

L'aria: una fetta di ghiaccio che si andava sciogliendo.

La sagoma nera di Pauline senza volto, senza lineamenti, giocava per le strade della notte, come in una finzione.

Sicura di non perdere mai, di non morire. Osava i luoghi malfamati, attratta dal crimine più che dall'amore.

La città era l'ombra di quello che avrebbe voluto essere, nata e macerata nel suolo dove gli alberi davano frutti già marcescenti alla prima ora e colavano succhi nauseabondi.

Pulsioni monche che la magia nera dell'etica, trasformava in mostro dalle tre teste.

Il gioco di lampi e di abbagli nel cielo livido, da cui nasceva un'alba bluastra era di per sé presagio. Avrebbe turbato chiunque avesse l'ombra di una memoria, ma non Pauline, smemorato disegno a due dimensioni.

Pauline succhiava l'aria di ghiaccio, aveva negli occhi la sfida verso un caso da risolvere, per questo era stata creata. Indagare nel regno delle ombre.

Lei sapeva che quel il ghiaccio riveste le pareti di una cella frigorifera, che deve cercare un macello, dove si surgela la carne, perché sulla lingua sentiva sapore di sangue, appena accennato nel gusto di acqua stantia. Pauline aveva la certezza che nei vicoli lerci, nelle vie a fondo chiuso, fra un cassonetto e i gatti che scavano nell'immondizia, esista una porta segreta che porta a una catena per la conservazione del cibo.

Da qualche parte si macella carne, e intorno al porto si procede alla conservazione.

Non sapeva invece che quella porta conduce a un'altra dimensione.

Lontano, più lontano nel tempo che nello spazio, lungo la strada che si arrampica per le colline ripide, si gira e si percorre un sentiero sterrato, dossi e buche, larghezza giusta per un fuoristrada, un'auto normale non ce la farebbe. Pauline non l'ha mai percorsa.

Porta a un resort, ricavato da un monastero antico e semidistrutto. Ristrutturato, in parte ricostruito, col gusto che invadeva le menti di recuperare il passato, la storia e i fantasmi dell'inconscio, gli angoli bui di chi ha vissuto altri secoli. La tarda primavera offre luce vivace alla campagna, accende il passato di vita, impazziscono i girasoli, i prati diventano fluorescenti per il riverbero intenso dei raggi che rimbalzano dallo smalto del cielo, al bruno vivido della terra.

Troppa luce, fino a prendere allo stomaco, fino a stordire, fino a farci a pugni.

Uno schiaffo di colori altera l'equilibrio di un animo che insegue un ritmo pacato, ristoratore, per questo e per altro il resort turba la psiche dell'ospite.

Una rocca essenziale, distrutta dai terremoti, rannicchiata sotto il sole, a difendere il suo buio. Il buio ha paura dello sfavillio estivo, dell'abbaglio. Per il buio del ricordo, la luce è aggressione. Offende la vista e la riflessione.

Gli ambienti interni del resort conservano sacra l'anima della paura, paura della notte, di visitatori assassini e predatori, paura del bosco nel buio delle fantasie. I fruscii e i canti di uccelli notturni, il vento che smuove i rami col ritmo dell'onda. Il visitatore non vede, l'illuminazione è limitata a poca cosa, intorno all'edificio.

Addosso.

Chi sbuca nel buio della notte, nel buio della mente, è un'entità indefinibile. Te la senti intorno, alle spalle, ti giri e non vedi nessuno. Si è spostata dal lato opposto, ti volti di scatto e niente.

Fai finta che sia fantasia e allora ne percepisci il respiro, il passo, la cadenza, il movimento. La senti pulsare come il cuore spaventato, allora c'è e ti prende la gola, affonda un coltello, uccide.

Passava un gregge nelle ore pomeridiane, belante e tranquillo, brucava e belava, la capra saltava, il cane abbaiava, ma non era portatore di pace mansueta. Era orrore.

L'acqua riempiva la bocca di Pauline, mentre camminava per le vie buie della città annerita dal carbone, vischiosa come la pece, le si appicciava ai passi e mai avrebbe voluto togliersela di dosso.

Era l'unica città che conoscesse, in fondo.

L'acqua era acidula, Pauline la sputava sulla mano. È rosata. Pauline trema e ha freddo, nella finzione in nero si affaccia il colore del sangue.

Un uomo usciva da un portone dopo averlo aperto a fatica, pesa come il legno della foresta, massiccio e stagionato. Si lamenta cigolando, piange il verde che il vento fa stormire.

L'uomo sembrava guardingo, è basso, calza una cuffia e porta occhiali da vista.

"Bisognerebbe oliare il portone, non crede?"

Guardava Pauline perché gli risulta strano che una donna esca nella notte, vede l'ombra di femmina sul marciapiede, la curva dei fianchi, il seno, le gambe agili e muscolose. Il corpo dell'uomo reagisce allo stimolo. Vive nel buio del suo turno di notte, ripone la carne, arriva già surgelata da chissà dove, chissà come.

"Clandestina" ha sempre pensato. Non gli sembrava un lavoro pulito, forse per questo lo pagano bene, ma una donna neppure la ricordava, non il tatto e neppure il contatto, non il profumo di carne viva, non le tracce di pelo pubico e le labbra calde.

È freddo dove lavora, ed è freddo dove vive.

A cavallo del giorno e della notte, a cavallo del tempo che

passa. Istintivamente portava la mano ai pantaloni, la cerniera scivola. L'uomo si butta per terra a violentare l'ombra di Pauline, che correva lontano, verso il porto, cercando di modulare il respiro perché non si sentisse. Il silenzio è intorno, lontano le voci di chi nel porto ci lavora. È in questo momento che dentro il rigore del suo disegno stilizzato, irrompe l'eco di una caverna. È una voce femminile che si moltiplica all'infinito, fino a perdersi dove l'infinito inizia.

" Loro escono dalle celle frigorifere, non è un macello, insensata Pauline, è una camera mortuaria. Rimani al buio Pauline, non guardare i loro volti, vedresti in faccia gli assassini. Ti uccideranno, o ti trasformeranno nell'ultima chimera del mondo"

Dentro Pauline si disegnava una stanza, dall'ingresso angusto illuminata da luce fioca.

Aveva conosciuto la sintesi estrema. L'ala vergine e macabra della fine del mondo sbatteva sui sogni, mentre i sogni pulsavano dentro come pipistrelli impazziti, senza radar né orientamento. Una notte di incroci, dove l'incontro è previsto dal destino. Pioveranno anime, mentre il sangue salirà dai corpi a donare carne a un killer sconosciuto. Pioverà tempo, mentre lo spazio salirà al cielo per donargli una e una sola dimensione.

Pauline apriva la porta che aveva davanti, poteva essere la salvezza.

Un uomo alto, dal volto squadrato, la accolse senza rivelare i lineamenti.

"Sei giovane" le disse "sembri finta".

"Qui è casa tua. Noi siamo uguali, non hai nulla da temere"

Una stanza di pochi metri quadri, buia al suo interno, accesa alle pareti dove erano esposte decine di barbie.

"Qui tutto è finto, vedi? Esattamente come noi"

Era solo un disegno, niente di più. Pauline avrebbe potuto diventare una Barbie, avrebbe conquistato le tre dimensioni. Più tangibile. Più vicina al reale.

Si intravvedeva appena una bambina era al centro della stanza.

Era di carne. Rideva, parlava giocava con una vecchia bambola che stringeva tra le mani. A Pauline tutto questo era mancato, nata già così, disegnata e perfetta.

Quella stanza era un piccolo mondo tanto antico, quanto irreale, nella sua testa di donna-disegno, abituata a vivere nelle notti di una città che ognuno vorrebbe abbandonare e dove la luce era un terribile bagliore in cielo, somigliante all'ira di dio o all'annuncio di un'apocalisse.

Pauline era a disagio in quella stanza, se la sentiva addosso come una malattia dell'infanzia, quelle con un'incubazione lunga, che piano ti vince e trascina in un letto. Sensazioni sgradevoli sfioravano il contorno della sua figura. Non c'era abituata, le percepiva come se il disegno che la raffigurava, fosse sbavato e incerto. Le faceva male. La linea del suo contorno continuamente ritoccata, mai perfetta.

Aspettava di vedere una madre accanto alla bambina, di vederla comparire, prima o poi, di vederle svanire insieme e uscire da quell'allucinazione.

Aspettava di sentirne la voce. Ma niente.

Niente accade a una donna-fumetto se chi la disegna, non pensa a regalarle una storia nella norma, e lei era stata concepita per un livido ricordo del mondo.

E così Pauline si trovò con quell'uomo uguale a lei e una storia addosso fatta di buio e di tensione, si trovò a voler fare il volere del suo creatore. Lo fece, senza opporre resistenza.

Pauline divenne la prigioniera.

Ogni giorno un uomo diverso entrava a portarle cibo e acqua.

Gli angoli bui della stanza lottavano con una luce fioca accesa a destra del letto, e con il rosso cupo e consunto delle pareti, per il predominio sulla moquette color crema.

A discrezione dell'uomo sarebbe stato amore o tortura.

Pauline era prigioniera di un disegno, ma lei stessa esisteva grazie a quel disegno. E se non aveva voglia d'amare, doveva farlo ugualmente, mentre se il capriccio di uno sconosciuto era farle del male, lei non aveva armi, se non accettare e godere del male.

Capitava che il disegno volesse che fosse lei stessa a infliggere dolore e questa era la parte che Pauline amava. Prigioniera, avrebbe ucciso il carceriere, poco le costava torturare uno sconosciuto. Poi usciva e se ne andava in giro per la sua città di buio e violenze, di presagi oscuri e di minacce indecifrabili.

Prigioniera di giorno, vagabonda di notte.

Un pastore di uomini- pecora cantava la preghiera estrema della solitudine. La litania si ripeteva costante, ossessiva come le sbarre di una prigione.

La Porta Sul Passato

Qualche decennio addietro, la sua vita era diversa.

Sapeva di essere stata appesa sulle pareti di un'edicola sul lungo Senna, di bagnarsi alla pioggia e asciugarsi al sole, di essere sbattuta dal vento e baciata da maniaci, ma era pur sempre vita, tranne che per quel dolore al braccio, quella piccola piaga rotonda che non guariva, non guariva. Era un segno e Pauline lo sapeva. Era segno che esisteva altro oltre la sua ombra, e che la sua livida città non era il mondo intero. Era segno di un sogno che non le apparteneva, ma apparteneva a qualcun altro, all'altro capo della realtà.

Fu il giorno che entrò nella stanza d'albergo un uomo attraente, dallo sguardo profondo oltre il lecito, che sorridendole le spense la sigaretta sul braccio, fu quello il giorno in cui una voce femminile entrò nella sua esistenza

"Mi fa male Pauline" sentiva ripetere.

Pauline guardò la piaga sul suo braccio, gli occhi profondi dell'uomo le apparvero come gorghi verso il centro della terra, e Pauline provò un piacere oscillante all'idea di essere uccisa da lui, in quel momento.

I secondi venivano scanditi da un antico pendolo appoggiato sul piano di un comò, Pauline non l'aveva mai notato, come se solo in quel momento le fosse dato il dono della vista.

Era lui il killer assoluto, che donava il libero arbitrio di lasciarsi morire.

Quel giorno, quella notte, lasciò libera Pauline dalla prigione, lasciò che si giocasse un'esistenza che non fosse già scritta dal suo ideatore. La lasciò vagabonda nel buio di pece della città. Non la salvò dalla luce dell'alba.

"Quale strada devo prendere per *Rue de Chevalier du ciel*?"

"Penso non esista in questa città"

"Non è possibile, è indicata sulla piantina"

"Se usa ancora quelle piantine antiche, per forza... non sono aggiornate"

"Non ha un cellulare?"

"L'ho perso"

"Non so cosa dirle... provi a chiedere all'edicola, poco più in là!"

"Dove?"

"Saranno 50 metri, non la vede?"

"No, le assicuro"

"Senta, non so cosa dirle... faccia qualche passo, la vedrà"

"Ok, grazie..."

Ci ripenso

"Oppure chiedo!" gli urlo alle spalle.

"Faccia come crede"

Cammino e cammino e cammino e passano minuti, ore, e lo spazio aumenta fra me e la mia persona.

"Non c'è, non c'è nessuna edicola".

Questo posto è fuori misura, lo spazio si percorre lentamente, ma non esiste. Penso sia il tempo che non riesce ad adattarsi. Inventarsi un tempo diverso, un tempo senza tempo, impossibile da misurare. Strana storia il rapporto fra il tempo e lo spazio. Strana e triste, come due innamorati che non s'incontrano mai. Giro per Montmartre, certa che una viuzza con quel nome non possa essere che lì, cerco una discesa che si affacci al cielo, ripida quindi quel che basta per ubriacarmi di vuoto. Mi ritrovo invece all'ingresso della metropolitana, dipinta di murales, affreschi di anime randagie; non c'è dio, né santi, neppure angeli.

Scendo in fretta la scala cerco il treno che mi porti in centro.

Ho un appuntamento sotto la torre Eiffel, penso di trovarmela di fronte senza rendermene conto. Ho un appuntamento al buio.

Pauline una radice sottile la lega a lei. Magdalena. È un peduncolo anomalo, frutto di una micosi cutanea, dice il medico

"Non me lo spiego altrimenti"

Guardava Magdalena perplesso, come se la stranezza fosse colpa sua, e la diagnosi di sua pertinenza. Come se fossi lei a dovergli una risposta opportuna.

"Che micosi?" gli domanda

"Sconosciuta, anzi, non è stato rilevato nessun fungo. Ma non può essere altro".

Leggeva e rileggeva i risultati delle indagini mediche, ASSENTE ASSENTE ASSENTE.

Tutto assente.

Eppure Pauline non la vede nessuno.

Abita lontano di qui e la sottile radice che lega Magdalena a lei segue un percorso sotterraneo. Anche quella, nessuno la vede. Scorre dove non scorre la vita. Non la vita umana che ci è consueta, perlomeno, quella che ha bisogno di ossigeno e luce.

Magdalena si preoccupa quindi, questa anomalia sul braccio sinistro potrebbe essere l'inizio della fine e il fatto che non sia garantita da un certificato d'origine controllata, non aiuta certo a rilassarsi.

"Il ribrezzo fa parte della vita" le dice la vecchia che siede in sala d'attesa che ha letto la preoccupazione nei suoi occhi.

"Vedrai quando sarai come me e spogliarti anche solo davanti solo davanti a un medico, ti provocherà umiliazione"

Non la conosceva ancora, l'avrebbe conosciuta in seguito.

Era la vecchia Ade, che viveva di fianco allo studio medico.

La segue, sembra abbia dimenticato di trovarsi dal medico, la segue come un gatto curioso e la affianca.

Si avvicina alla porta di casa, la apre mentre non stacca gli occhi da dosso.

"Questa è la mia stamberga" sogghigna "no, la mia tana. Da vecchi ci si rintana sai?".

Odora di pulito ed è così normale da lasciare perplessi.

"Vuoi un tè? A casa di una vecchia signora si beve sempre il tè"

Magdalena si trova una tazza di liquido fumante sotto il naso e neppure si era accorta che lo stesse preparando. Lo beve con un bel po' di zucchero e di diffidenza

"Strana donna" sta pensando "forse è sola e non le piace"

Tutto qui.

"Il mio nome è Ade, ma non preoccuparti, non sono ambasciatrice del regno dei morti, non sono neppure la Morte in persona che ti abborda nella sala d'attesa di un qualunque medico, non ti voglio preannunciare una grave malattia. So che cos'hai e so che i medici non ci capiranno niente… ce l'ho avuta anch'io… è un legame che tu credi visibile, un orrore di fungo che prolifera sulla tua pelle intessendo un filo infinito. Nessuno lo vede, quello che emerge è solo una piccola escrescenza che puoi far bruciare in un attimo, ma quel filo, quello rimane."

La guarda curiosa ogni momento di più, conscia della sua allegra follia

"Ah, comunque non sono neppure una fata: ora va'! Sono stanca e ho da fare" la sospingeva verso la porta con le parole e con la spinta delicata delle sue mani. Unghie curate, anello al dito. Una normalità da lasciare storditi. Mentre imbocca l'uscita, lancia l'occhio fuori dalla finestra, una montagna rocciosa, parzialmente innevata, qualche pascolo rinato fa pensare a una primavera. Un volo d'uccelli si alza improvviso.

Si aspettava Montmartre, si aspettava un cielo grigio. E quella montagna invece, brilla, stagliata su un cielo azzurrognolo come un velo di ghiaccio che riveste la terra.

"Bello vero?" insinua la vecchia signora "Questa pace rilassa"

Quale pace? Ho paura, non respiro, me ne vado.

Magdalena si congeda come se scappasse da una trappola.

La bolla di ghiaccio minacciava un diluvio violento, quando i ghiacci si sciolgono, la terra sparisce e le pozzanghere diventano oceani.

Magdalena tremava dentro perché anche l'anima era ormai fragile e ghiacciata, ha paura dell'annuncio di una primavera-truffa.

Pauline le suggeriva che i fiori al balcone, tutti gli anni, lo stesso mese, sono un progetto diabolico.

Magdalena fingeva di non sentire, sapeva che doveva uscire dalla bolla che avvolge questo posto, così finto da apparire una minaccia. Una bolla di acqua ghiacciata, sottile e precaria

Aveva la netta sensazione di essere rinchiusa in una boccia di vetro dove o nevica, o vedi la Tour Eiffel in miniatura.

La sagoma nera di Pauline si muove nell'alba come un gatto braccato.

Contro il muro, scivola trattenendo il respiro, Pauline è precisa come un disegno, ma ha paura della luce come ne hanno i vampiri. La luce obbliga a vestire i panni di un essere umano; allora Pauline ha paura e si nasconde. Di giorno dorme, pochi conoscono la sua esistenza. Convinti tutti che lavori in ospedale per i turni di notte.

"È una brava ragazza, un po' schiva" direbbero di lei se uccidesse qualcuno.

Interferenza (io fra di loro)

Io non conosco Pauline quando si fa chiaro, so che da lei l'orizzonte è lontano, il confine irraggiungibile. So che soffre di agorafobia e preferisce chiudersi in una stanza.

So un'altra cosa, ma non ne conosco la fonte, chi me l'ha confidato, oppure se è stata lei stessa a sussurrarlo al mio orecchio.

Di notte non può, non deve dormire.

Mentre io mi raccolgo in posizione fetale o distendo ogni muscolo come fa un gatto, allungo un braccio e spengo l'ultima luce accesa, lei deve scattare, aprire la porta d'ingresso, uscire.

Il fondo della notte si offre a Pauline incrostato sulle mura dei caseggiati. Una bottiglia d'inchiostro nero rappreso, asciutto e spaccato, raccolto in grumi di buio appena più morbidi. La notte era spessa, senza trasparenze, spalmata dentro la città, colla mano pesante di un pensiero malato. Senza via d'uscita. Del cielo non si poteva neppure supporre l'esistenza. Pauline era inglobata in una città di pece.

Eppure proprio in quella notte, la notte che si fuse con il giorno, Pauline aveva sentito la tempesta arrivare, annusando l'aria, come un animale, e l'aria si stava progressivamente bagnando. La strada che stava percorreva ricordava il grosso umidificatore, che stempera l'arsura del riscaldamento e attenua l'affanno di respirare.

Le capitava, nei suoi sonni diurni, di provare oppressione e un blocco al torace, che non lasciava uscire l'aria per inspirarne di nuova.

Le capitava anche di sentire un respiro affannoso accanto a lei e risuonare un nome di donna: Magdalena.

Tutto era eco, un passaggio dal sonno alla veglia.

Non sapeva chi fosse quella certa Magdalena, ma percepiva l'esigenza che aveva: mandarle un messaggio, chiamarla, invocarla.

Quante Magdalena potevano esistere al mondo?

Quella notte Pauline navigava nel vento che si era sollevato e spostava la notte da un lato, mixandola ai lampi di un' alba precoce, una tempesta di bagliori continui sprigionava energie sul profilo della città.

Tutti i fumi d'Inghilterra, il carbone bruciato in enormi caldaie sotterranee, sommati e confusi nello squarcio che si apriva sopra gli edifici allineati, di varia altezza, ma compresi in un ordine logico che variava tra i 10 e i 13 piani. Qualche rara eccezione sprofondava interrompendo la monotonia della successione. I nembi e i cumuli erano fitti fino a calpestarsi, cavalcavano l'onda di una tempesta scoppiata dall'incontro di due masse contrastanti. L'aveva previsto il meteo, l'ultimo che Pauline aveva ascoltato, ma non era precisato nient'altro, nessuno aveva pensato che potesse accadere, non nell'ordine logico terreno perlomeno, che lo spazio e il tempo avrebbero cozzato fra di loro in qualità di eserciti nemici, sovvertendo la vita di Pauline, della sua città, di quella tale Magdalena che la invocava nei suoi sogni diurni, di Parigi, della vecchia Ade, dell'appuntamento al buio, della Tour Eiffel e anche del fiume che ora mi taglia la strada di netto e non è la Senna. Tutto ciò prima che scendesse la pece a coprire le rovine.

"Ehi tu!" Pauline ricordava "si, dico a te! Riparati da qualche parte!" Pauline aveva guardato in giro e non capiva. "Guarda lassù, non vedi?"

Era un uomo nascosto da un cappotto fuori misura, ci affondava come fosse la sua tana, aveva barba e occhiali, una cuffia calata fino agli occhi. Procurava repulsione. Gli occhi sono neri come i tizzoni spenti, lontani, quanto le lenti spesse possono allontanarli dal contatto con gli occhi altrui. Si nascondeva da qualcuno, Pauline ne era certa, oppure nascondeva se stesso a se stesso.

Eppure Pauline guardava in alto, e vedeva una figura fra i lampi e le nuvole, che avrebbe potuto essere l'uomo visto di schiena. Si stava allontanando cercando una via percorribile, fra la ressa di nembi.

"Da qui è meglio andarsene" le aveva annunciato quell'uomo.

Era più basso di lei, la voce variava dai toni più cupi ai più striduli, alti e sgradevoli come il suono di un violino scordato torturato da un incapace. Se ne andò in un istante, dopo attimi in cui aveva manifestato uno stato di all'erta. Fermo, attento, teso a percepire, poi uno scatto urlando e stridendo come fa un animale per avvisare il suo branco.

C'è pericolo, mettetevi in salvo.

Era livido il sentore di morte che si annusava intorno. I pensieri bluastri offesi e martoriati dai pugni di una città in rovina.

Una vecchia era accartocciata per strada e gemeva, gemeva, rappresa attorno all'ultimo respiro.

Pauline si era avvicinata le aveva soffiato una domanda, chinandosi un poco in avanti

"Sto partorendo" aveva biascicato la donna.

Pauline aveva vomitato. Il prodotto di un parto in una vecchia ottantenne, le aveva alterato la motilità di ogni organo interno. L'orrore di un corpo in stato avanzato d'invecchiamento, le provocava disgusto. Si sentì rivoltare come un vecchio guanto di pelle logora. Quel parto non poteva che essere un atto blasfemo verso l'idea sacra della giovinezza, della vita e della bellezza. Un corpo che sta marcendo prima di morire. Era orrore allo stato puro.

Poi le chiedeva quale fosse il suo nome

"Ade" rispondeva "Ade, non ricordi?"

"Come? Quando?"

"L'altra vita. L'altra parte, dietro l'angolo, oltre il bar, fuori da questa città, dove finisce la vita e ne inizia un'altra…. ascolta, però… io sto morendo, ma tu vattene, vai a cercare la città degli innamorati, tieni l'indirizzo." Le porgeva un foglietto spiegazzato, macilento

" Chiedi di Magdalena, chiedi di lei"

Era la forza dell'ultimo calcio alla morte, poi si spense e il grumo di un feto abortito ingoiò la vecchia, iniziò a risalire il muro, divorò il riverbero dei lampi in quell'angolo di città. La pece disinfetta, isola. Sotto il suo strato viscido, non si respira.

Fu così che Pauline ebbe la certezza che la città fosse in stato di coma irreversibile.

Non ne aveva paura, ma voleva andarsene in fretta cercare la strada e non era nel cielo, cercare la strada e non era la prima a destra dietro l'angolo, non era in un fulmine o in una tempesta, non era sottoterra. Aveva paura invece di chi avrebbe incontrato da lì in poi, perché Pauline era un'ombra, soltanto un progetto. Un disegno in qualche fumetto appeso sghimbescio in un'edicola sul lungo Senna e quando Magdalena passava, la vedeva, con la sua sagoma nera, flessuosa, definita, forte minacciosa, la vedeva addossata a un muro che aspettava di aggredire un passante.

Capitò una notte. Pauline non riusciva a rientrare. La forza di una calamita la guidava verso il porto, mentre intorno schiariva, e schiariva Pauline, si stingeva, mano a mano che si delineava un pensiero, corto e semplice, come la rivelazione. A braccia incrociate, solleticata dal formicolio di una foschia a metà aria di vie cittadine, a metà frizzante come la salsedine, senti la sua voce

"Ho conosciuto un bastardo"

Sentiva le forze che la lasciavano, il vigore del buio annacquarsi nelle onde d'acqua grigia. Sentiva le voci lontane, voci di gente che lavorava, sentiva la stanchezza, che saliva nella risacca di un momento sepolto nella memoria.

Paline aveva paura di morire dissolta nella fatica delle sue notti buie, dimenticate in un sogno che in quel momento sentiva concreto come le ore e i giorni della sua esistenza. Si accasciò scivolando sulla parete di un vecchio edificio, sprofondò il capo fra le ginocchia e cerco di difendersi come si difende un riccio, aspettando la notte seguente. Sapeva chi il giorno sarebbe stato la sua malattia, qualcuno passava e la vedeva accartocciata, sorretta da un muro, seduta sull'asfalto.

"Quella è una tossica" sentiva attraverso l'eco flebile della lontananza. Cercava di chiudersi le orecchie, di respirare poco, sperava di riuscire a sopravvivere fino alla notte seguente.

Nelle ore di luce, il disegno spariva, la figura perdeva definizione, il progetto di Pauline, donna-ombra, si confondeva. Il polso era debole, il ritmo tachicardico, tremava come un gattino abbandonava, ma non miagolava.

Pauline ormai era un guanto rivoltato, eppure ancora non sapeva che dentro l'orrore c'era un'anima nuova.

Pauline rivoltata non era altro che Magdalena.

E Pauline girava nella città livida di lampi mentre gli edifici colavano pece, senza avere consapevolezza di essere Magdalena, un'ombra indecisa e sfumata che si rivela al bagliore della tempesta sul mare o sotto la luce definita di un lampione qualunque. Pochi erano rimasti funzionanti e per le strade il buio cresceva, mentre l'ematoma ingoiava un quartiere per volta, ma il procedere era lento, estenuante e quella notte si preannunciava interminabile.

Un pastore percorreva la via principale. Pecore e capre belavano. Un cane abbaiava isterico, preoccupato di non riuscire a tenere il gregge unito. Il bestiame era irrequieto, indisciplinato.

Magdalena sentiva il marciapiede lievitare sotto di lei. Forse per questo il gregge belava, perché percepiva il disastro imminente. Guardava la via ondeggiare, pecore e capre scivolare e faticare per mantenere l'equilibrio, il pastore avvinghiato a un lampione, il cuneo della prospettiva gettarsi in un mare sconvolto. L'onda si univa all'onda ed era un muro che precipitava sul porto allagando di schiuma la banchina. La minaccia cresceva, veniva dal cielo, pioveva sul mare, sollevava la terra.

"È la fine."

In alto le nubi sbiancavano, montavano come l'albume frustato, mutavano forma in un gioco deviante, si allargavano a manto, si mascheravano da speranza di redenzione. Quando l'uomo ha paura vuole essere sbiancato, lavato e ripulito dall'immondizia terrena, vuole somigliare all'ala di un angelo.

"È la punizione di dio. È l'ala dell'angelo dell'apocalisse!"

Urlava il pastore e il gregge trasmigrava da sembianze animali a miserie di essere umani.

La testa come una maschera duttile, perdeva lo sguardo dentro cui galleggia il vuoto, lo sguardo della vittima che sacrifica la sua volontà ancora prima della carne, la bocca e il naso bucavano il muso di ovino, la mascella scendeva, si allargava, il belato si modulava in lamento. Le zampe anteriori poggiavano sul palmo di mani, le posteriori su piedi a cinque dita.

Il corpo rimaneva di pecora, ma l'animale mitico che stava nascendo, assumeva stazione eretta. Era un coro di terrore e preghiera. La calca aumentava e fra uomini e capre non esisteva confine, una bolgia infernale.

Magdalena si nascondeva in un portone aperto, contratta dalla paura, fredda per il panico.

Uno degli uomini pecora l'aveva notata e si avvicinava lentamente, i movimenti goffi come dovesse prendere confidenza in un'identità indefinita. Magdalena guardava la sagoma di quell'essere avvicinarsi, lo vedeva traslucido, dentro di lui filtrava una luce di origine ignota .

L'essere la prende per un braccio, Magdalena trema, lo guardo negli occhi e in un attimo capisce

"Salvami, aiutami" supplica l'uomo pecora" vogliono la mia pelle, vogliono tornare alle origini, tirare la mia pelle fino all'estremo, vogliono ricavare dalla mia pelle carta pergamena"

"Chi?" obietta Magda

"Un gruppo di monaci impazziti si nascondono negli scantinati, rapiscono uno di noi e lo portano in un convento, su in montagna. Dicono che vogliono conservare la tradizione, e scrivono a mano… sulla nostra pelle. A questo serviamo, c'è chi dice che ci abbiano creati loro attraverso rituali antichissimi con cui gli esseri umani venivano trasformati in animali"

L'uomo-pecora scompare, la luce fioca che lo attraversa si spegne lentamente, sfuma nel fumo di una sigaretta accesa.

È una stella che può ferire, nella stanza d'albergo buia, da un lato, sul fondo, una luce rossa, il braccio di una donna prova un dolore forte, brucia in un inferno privato, che nessuno vuole vedere. L'urlo della donna lacera i timpani a Magdalena.

È Pauline, ha bisogno di aiuto.

Magdalena invece si sveglia in un mattino grigio di nuvole stanche, la nebbia che sale le incontra e si fonde. Accende una luce

"È già ora" borbotta e si frega il braccio, fa male per qualche secondo.

"Un sogno insulso" lamenta.

Brutta giornata, il giorno di quel "piccolo intervento" come dice nonna Ade.

"Ma questa è un'ustione!" la guarda con rimprovero il medico che dovrebbe operarla.

"Perché non ha riferito al medico di essere stata ustionata con una sigaretta accesa?! Le sembra corretto? Gli ha fatto fare la figura dell'imbecille!"

"Non me ne sono accorta, se è successo"

"Ma lei è malata, se lo lasci dire. Non percepisce il dolore, non ricorda quello che le sta succedendo…"

Magdalena disorientata guarda il medico in volto, con lo sguardo mansueto di una pecora in gregge. Magdalena bruca nell'aria a cercare qualcuno, qualcosa che le dia una mano.

Non ricorda i suoi giorni, tutti uguali su per giù, azzurrini o grigiognoli, a seconda della stagione o sull'onda dell'umore. Niente picchi, niente vortici. Ricorda il sogno invece, quello degli uomini-pecora, di un pastore infagottato in stracci pesanti, ingombranti, quello con la faccia da terrorista. Ricorda le parole dell'uomo-pecora circa frati assassini che conciavano pelli di uomo, uomo-pecora.

E ricorda una stanza d'albergo e un dolore urente intenso, e l'urlo di Pauline. E se il sogno fosse stato una realtà che non poteva sopportare?

"Allora Magdalena, questa ustione se l'è procurata da sola? Gliel'ha fatta qualcuno? È stata da un neurologo, da uno psichiatra? Magdalena, mi risponda"

"Mi avevano detto che era un tumoretto benigno…"

Un tumoretto benigno, le faceva eco nel cervello la voce di nonna Ade

"Non preoccuparti è una cosa da niente… il legame che hai, quello invece…"

Niente era vero, al primo consulto il medico le aveva parlato di melanoma

"Si può confondere con un'ustione?"

"Forse, a un certo stadio. Ma questa è un'ustione" Il medico la guarda ed è perplesso, scrive qualche farmaco. Pomate antibiotici locali e le aggiunge il biglietto da visita di un collega

"Ottimo neuro-psichiatra"

Magdalena esce dallo studio, con quel foglio in mano, e lo

gira e lo rigira, e lo legge altro contrario, i suoi passi risuonano nel corridoio, lungo come un giorno di vita, le scale scendono. Non vorrebbe uscire. Fuori una piazzetta a vari livelli, sembra allegra, sembra in festa, e i coriandoli nevicano, Magdalena guarda il cielo, il ghiaccio della palla in cui si trova rinchiusa è iridescente come una bolla di sapone. Esploderà.

Magdalena soffre di agorafobia, non deve succedere.

Uno spazio sconfinato, l'orizzonte che si sposta, per lei è insopportabile. Ha bisogno della palla di vetro, dove nevica a comando, basta girare un polso. Ha bisogno di essere protetta, vorrebbe vivere chiusa in casa fino all'ultimo giorno, quando passa davanti all'edicola e vede il fumetto della donna-ombra, decisa, stagliata, senza mezze misure, Magdalena prova invidia.

Pauline è lontana, prigioniera in una città che ancora non esiste.

Lei non ha paura della notte, ma del giorno. All'estremità opposta Magdalena è senza fiato di fronte all'assenza di luce.

Ormai dal fumetto cola l'inchiostro, cola nell'anima della bella Pauline.

La donna ombra si sta stingendo, Magdalena la guarda sotto il diluvio di un temporale parigino quelli complici degli amanti, costretti a stringersi mentre si riparano in un portone, costretti a guardarsi negli occhi e a confondersi in un bacio al gusto di fiore di loto. Perdono conoscenza, evaporano come evapora l'oppio da una canna di bambù.

Magdalena guarda Pauline sfocata fondersi con gli amanti sotto lo scroscio di pioggia improvviso.

Per questo a Parigi si sa fare l'amore. Piove.

Poi il vento ti asciuga e il sole ti fa sperare che non pioverà mai più. Prova tristezza nel capire che ormai le rimane soltanto la palla di vetro con la Tour Eiffel.

L'aveva sempre saputo, aveva un tempo di sopravvivenza

definito. Non provava né rabbia, né tristezza, una cosa la spaventava: temeva che la morte fosse un passo in un tempo e in un territorio dove non esistono confini.

Si rifugiava spesso da nonna Ade, riusciva a darle la sensazione di essere difesa, rintanata nel suo appartamento, al profumo di tè e di saponetta. Non la odiava perché lei, così vecchia, era sana e vitale, fino a parerle immortale.

Nonna Ade, ormai prossima alla demenza, sosteneva una bizzarra tesi. Andava raccontando a Pauline che i suoi ravioli di carne, contenessero tracce di *dna* dell'uomo pecora. La faceva divertire.

Interferenza (io fra di loro)

Sono anch'io in una palla di vetro, dove la neve scende finta e la puoi comandare, basta girare il polso. Nevica sulla Tour Eiffel, e il vetro è ghiaccio sottile. Qui muore il mondo, chiuso in un sogno sospeso nell'infinito, si perde come si è persa l'ultima astronave. Un'immagine senza realtà, un'onda di luce dove nevica piano.

Ho un appuntamento al buio qui a Parigi, scendo a Montparnasse, prendo un taxi e mi faccio accompagnare fino al luogo dove incontrerò qualcuno.

Sono anche qui, su questa piazza vuota di respiri. Appoggiata appena, come una pedina degli scacchi, bianca-nera.

Ero regina, prima di cadere nel vuoto inutile di un carnevale.

Conto le strade delle possibilità. Una, un'altra e altre due, in fondo ancora. È la più larga. Alle mie spalle forse altrettante.

Dove mi portano? Intravedo Magdalena e nonna Ade, Pauline la donna d'ombra.

È lei che cerco.

Pauline, affacciata al lungo-Senna mossa dal vento sopra un fumetto. Sbatte le ali di una notte chiara, fruscia nel vento, miagola e urla, piange e ferisce, guarda le mani sporche di sangue. Cerca una madre che non ha avuto, cavalca il sogno dell'apocalisse e l'alba di una corsa senza confine.

"Ehi ragazzi, qui c'è una macchia scura, sembra sangue rappreso, venite a pulire, avranno accoltellato qualcuno" urlava un poliziotto di quartiere ai suoi colleghi.

E invece era il frutto del parto della vecchia barbona: Pauline, la gemella ignorata.

Ormai non esiste un sentiero che torna, ormai so che dal cielo può scendere un manto di lutto abbagliante. Le luci accendono il riverbero sulla neve, e il tempo si confonde. È finito il movimento. Il mio cerchio è una retta che si perde all'infinito, non è vero che torniamo, non è vero che moriamo.

La città sta bruciando e il filo che mi unisce a Pauline è stato storia, io, lei, nonna Ade, la pace delle unghie laccate, il silenzio che anima la notte. Le urla sorde di grida strozzate nel sonno.

Pauline sognava di urlare, io lo sapevo, lo sentivo sotto la pelle dentro i fasci muscolari, avrei dovuto farle eco, urlare per lei e non l'ho fatto.

Nonna Ade mi ha sedato con il volto da vecchia bambola, il rossetto perfetto, la cortesia accumulata a ogni costo come un capitale per intrappolare energie e convogliarle in una tazza di tè.

Vedo la tazza fumante come fosse ieri, o domani, come il lago dorato in cui la vita annega, un piccolo lago, insensato profumato, zuccherato anche troppo.

Non c'è nessuno, non c'è più nessuno che mi aspetta sotto la Tour Eiffel.

Magdalena aveva bisogno di riposo, quello che concilia con il ciclo della vita, ne parlava con nonna Ade, davanti a un pianto fumante di ravioli.

Magdalena aveva rinunciato alla linea, cui prestava molta attenzione, dopo quell'intervento

"Ma era una stupidaggine" le sorrideva la bocca scarlatta di nonna Ade, dove brillava la falsità di una protesi perfetta.

Magdalena sapeva che non era vero e taceva.

Voleva pensare all'amica Pauline, mai conosciuta ma sempre presente, e alla sua vita estrema, di violenza e seduzione, voleva pensare alla bruciatura sul braccio della donna ombra.

"Ho conosciuto un bastardo" le aveva raccontato un giorno Pauline mentre lei sedeva al caffè di fronte all'edicola dove il sole asciugava la storia raccontata sulle pagine di un vecchio fumetto.

"Ma non è stato certo il momento peggiore della mia esistenza"

Un amante geloso, aveva pensato Magdalena e un po' la invidiava.

La notte della fine Pauline aveva conosciuto il gusto del sangue, se l'era trovato in bocca e non sapeva come ci fosse arrivato. Si era svegliata in una stanza d'albergo, mentre la luce del giorno cominciava a sbiancare la notte. Non era un buon segno, non poteva sopportarla. Il letto era sfatto, il cuscino di fianco insanguinato, la mente confusa. Si trascinò in bagno e guardò nello specchio. Era solo un disegno, niente più. Qualcuno le aveva progettato una storia, disegnandola intorno. Ora doveva dormire, fino a quando sarebbe arrivata la notte. Non le interessava capire dov'era e perché c'era. Era solo un fumetto e qualcuno l'aveva disegnata per suo personale piacere, anche quelle macchie di sangue sul cuscino di fianco, sul bianco della federa, il tratto nero dei contorni di mobili e letto, la finestra accennata con due segni sicuri, tutto disegnato ad arte, per creare una scena. A questo punto che senso aveva sapere, capire il perché fosse lì e non altrove?

Magdalena avrebbe avuto una risposta: il dolore urente sul braccio, le scintille di una sigaretta accesa, l'urlo di Pauline che aveva bucato i suoi sogni di pastori d'uomini-pecora braccati da monaci impazziti.

Resort

Quando Magdalena era entrata nel resort della terra promettente sole e girasole, fu accolta da un gestore inconsueto.

Un monaco di media altezza, un vecchio abate, con un bel crocefisso al collo.

Seppe subito che rispondeva al nome di Frate Parulus della Lussuria Fustigata.

"Penso di avere sbagliato, avevo prenotato una settimana in un agri-turismo o qualcosa del genere"

"È questo, abbiamo la sua prenotazione" alzava lo sguardo per sorriderle" anche i monaci devono pur sopravvivere. Lo facciamo da secoli"

Magdalena accennava a ritrarsi e l'Abate le tratteneva la mano con una forza leggera, lasciva, mentre un fratone di dimensioni abnormi, si affacciava all'ingresso

"Sono rientrato, faccio entrare le pecore all'ovile"

"Siamo anche pastori e agricoltori, come ogni monastero che si rispetti. Domani la farò accompagnare per una visita all'intera struttura, sempre che le interessi"

Seppe in seguito che il grosso monaco era fra Bonarius da la Cité Perdu e si occupava di macellare il bestiame.

"Madre badessa!" chiamava l'abate a gran voce ritenendo doveroso spiegare all'ospite che quello era un monastero ristrutturato e così pure l'ordine non faceva più distinzioni di sesso

"Eccomi" sentiva una voce avvicinarsi, gioiosamente sottolineando "Tutti insieme appassionatamente"

"Questa è la nostra rappresentante più prestigiosa: madre Maria dell'onestà Violata"

Magdalena vide un sorriso sbucare nel buio di un corridoio, un sorriso gigantesco e famelico su un volto sproporzionato al corpo

"La nostra cuoca migliore" precisò l'abate Parulus.

"Domani, in via del tutto eccezionale, le farò preparare i suoi ravioli. Sono una delizia. Non potremmo perché sono destinati alla Mater Caritatevole, nostra azienda di conservazione e distribuzione alimentare. Fra poco saremo in tutti i migliori supermercati…ma vedrà domani che splendore la nostra terra rosolata al sole!"

Magdalena era perplessa, ma l'abate la precedeva

"Lei mi dirà: e il tempo della preghiera? C'è tempo anche per quella, le nostre notti sono movimentate, le notti sono lunghe. Intense quanto le nostre giornate".

Magdalena seguiva la badessa che le camminava davanti, ondeggiando sulla sua deformità.

Magdalena aveva gli occhi bassi

"Guardi in alto e sorrida ragazza mia, altrimenti i monaci preferiranno me! Io porto gioia e arcobaleno, Ha mai visto un arcobaleno sulle nostre colline di smeraldo? Le auguro un bel temporale al tramonto e vedrà finalmente i colori. Lei ha un'anima cupa ragazza. Forza, si rallegri: la vita va gustata come i miei ravioli." Le aprì una stanza poco più grande di una cella monastica. Neppure la salutò e le chiuse la porta alle spalle.

La sentì allontanarsi ciondolando le chiavi. Tale quale un carceriere.

Quella notte fu una notte di pace e non se l'aspettava, fino alle 2 di notte perlomeno. Così piccola, se la sentiva addosso come una protezione. La porta chiusa, nessuno sarebbe entrato, il letto e un cuscino morbido. Era un utero in muratura. Magdalena amava gli spazi ristretti che poteva controllate, la sua collezione di palle di vetro era esposta su un tavolino, più alto della norma, con le gambe sottili come un trampoliere, laccato di russo cupo e pareva un altare casalingo.

Poi iniziò la guerra, Magdalena non riusciva a capire se stava sognando o se camminava realmente per i corridoi del resort-monastero.

Erano voci soltanto, ma tante, fino al capogiro. Ognuna nasceva e moriva in un punto diverso all'interno di quel posto irreale, ma che Magdalena sentiva nel corpo come vivo e concreto.

Avrebbe potuto chiedersi se la realtà stesse fuori o dentro, ma sarebbe servito a poco. Nella realtà c'era immersa come nel pentolone della madre badessa dove ribolliva la carne per i ravioli.

Una voce femminile recitava nenie cui altre facevano coro

"Anima bella che tu possa ogni giorno di più manifestare la Bellezza e l'Amore dell'Essenza che sei!!!"

E gemiti di piacere o dolore serpeggiavano in ogni angolo, mentre l'urlo animale di terrore entrava tra gli spifferi delle finestre, le pecore belavano disperate, mentre lo strazio era solo di una. Una per volta. Un tecno-blues di ferocia mistica.

"Ehi tu! Cosa fai? Di notte non si può uscire dalla propria cella"

Voci, voci, sibilavano, soffiavano, la pedinavano. Solo voci. Sussurravano come venissero da un segreto profondo, frusciavano come la luce lunare crea illusioni mischiandosi al vento che invade le fronde.

Magdalena aveva paura, paura del buio e il buio lo sapeva. Nel buio nasceva chi non aveva vita sotto il sole. Il buio giocava con lei come un gatto col topo, il buio cresceva e si infittiva, l'assediava. Nel buio lo spazio è infinito e Magdalena soffriva per la sua agorafobia.

Uscì da un buco nel muro la madre badessa in persona, vociante e inferocita

"Che fai in giro?! Vuoi farti scopare dall'abate vero? Non è possibile, Io e lui siamo gli amanti sacri!"

La strattonò e trascinò in una stanza, dove la rinchiuse dall'esterno. Magdalena si addormentò, senza un perché. Sprofondò nel sonno del nulla.

Magdalena dimenticò.

"Sveglia! È l'alba promessa!" Andiamo alla casa dell'arcobaleno, lì troverai i colori e la speranza, la gioia di vivere e tanti, tanti amici che già ti aspettano e ti vogliono bene"

Era lei, Maria dell'Onestà Violata, la badessa in borghese, graziosamente vestita da donna, allegra come un prato fiorito e un piccolo pullman aspettava. La luce abbagliava, la strada intorpidiva stomaco e cervello. I dossi, le curve

"Per raggiungere il Paradiso!" ripeteva.

Una catapecchia, all'interno tavolo sedie vecchia stufa, umido e sporco.

"Ma la natura, la natura"

L'abate Parulus taceva, sembrava raccolto in preghiera, o non sapeva cosa dire.

Gonnelline fluttuanti e barbecue, ciliegie e formaggi tipici, carne di pecora che rosolava.

"Al mattino siamo solo resort…" le sussurrava all'orecchio l'abate.

"Gli affreschi, dobbiamo mostrarle gli affreschi" sbottava un tizio, e andare a ballare…

Magdalena invece aveva nel cervello il belato straziante della pecora che stava rosolando, e la convinzione che il sogno non fosse solo un sogno.

Il giorno abbagliante nascondeva gli eventi nella notte, sfolgorante e sorridente come i volti che le stavano intorno. Pulsanti e ossessivi, andata e ritorno nell'immagine ferma , le grasse risate ingoiavano Magdalena.

Fu un lampo

"Pauline dove sei?"

Pauline c'era. Camminava per i sentieri della grande notte che avvolgeva la terra fosforescente da dove Magdalena la stava invocando.

Magdalena lo sentiva, intorno a lei si muoveva il corpo della donna-ombra.

"Magdalena sei in una boccia di vetro, ma in quella boccia sono racchiusi gli orrori che tu credi sogni" per la prima volta le parlò.

Un sogno le parlò.

"Magdalena sveglia!" Pauline era sopra di lei, in piedi

"Stavo dormendo?"

"Ora si, la giornata è stata pesante. Ti hanno drogato abbacinandoti la vista, ti hanno stordito con gli incensi della notte e i loro salmi blasfemi. Magdalena, scappa"

È notte, Pauline. Magdalena ha paura, nella notte non ci sono confini.

"È il momento migliore invece, sono impegnati nei loro riti orgiastici. Solo pochi sono lucidi. C'è fra Bonarius che si occupa di eliminare gli embrioni di uomo-pecora scaduti, e ci sono un paio di fratelli amanuensi, che copiano i file dei ricercatori, sulla creazione delle chimere. Hanno dato vita loro a questi esseri deboli eppure mostruosi, e quando li uccidono, vendono la loro carne o la rosolano per farne succulenti ravioli. La pelle poi, diventa preziosa pergamena, nel rispetto della tradizione."

Magdalena si alzava traballante e instabile, come fosse sbronza, come se una mano prepotente scrollasse con forza la boccia di vetro in cui si rinchiudeva. Voli di rondoni coprivano la Tour Eiffel. Lì qualcuno l'aspettava e non poteva essere altro che l'amore. Eppure in quel momento si trovava capovolta e trascinata lontano dalla mano ferma di Pauline

"Chi sei?" ebbe il coraggio di chiedere

"Ti sembra il momento?"

Il cielo era allegramente bluastro, il temporale si allontanava si prevedeva un arcobaleno, e il grosso fra Bonarius viaggiava con una carriola a scaricare immondizia, in una pozzo senza fondo.

"Ehi Pauline, abbiamo fatto lo stesso sogno?"

"Se tu lo chiami sogno va bene così"

Un fuoco ardeva sulla collina di fronte, bruciavano sterpaglie senz'altro.

"Hanno dei proiettori che creano l'illusione di un fuoco perpetuo, hai presente? Come le vestali, come Dio sul monte Sacro"

Lo spazio limbico del risveglio lambiva il cervello di Magdalena. È quando il mondo c'è, o forse no, e ti sembra una scelta.

Magdalena si ritrovava nel suo letto, con la sveglia che suonava e le soffiava in faccia il colore di un mattino spento.

Era il giorno del controllo per quella sua lesione di origine ignota.

Giorni d'ansia in cui avrebbe voluto che nessuno la svegliasse, tanto meno l'amore, convinta che la soluzione fosse intingersi nelle acque nebbiose del limbo e non nascere fino al nuovo giorno, quando torni a vedere il sole anche se piove e ti dici

"Ora si vive", eppure Magdalena era sempre al nastro di partenza. Non sapeva con quale gamba fare il primo passo.

Si affacciava ogni giorno alla vita e si ritraeva. L'acqua di quel mare era fredda, l'acqua di quel mare era agitata, oppure era un'inquietante tavola, la superficie immobile. Questo era il peggio, era vuoto e gioco di specchi fra cielo e mare, era un progetto d'infinito e nel codice segreto di Magdalena era agorafobia.

Ma non sempre il finale è previsto e spesso, è un serpente immobile al sole, che ti sente vicino e con un morso ti buca la pelle. Ti avvelena un poco alla volta come i chemio-terapici, ti intontisce di morfina, ti offre una boccia di vetro dove piovono flebo e i paramedici ti sorridono con la piega della compassione sulle labbra.

La donna-ombra le stava accanto, invisibile.

Quando Magdalena precipitò nell'ultimo sogno incontrò Pauline, nella città delle tenebre. Pauline era randagia, liberata e persa. La città le colava addosso e lei perdeva i contorni, si stava trasformando, il disegno di donna si modellava e talora assumeva l'aspetto di una grossa cellula livida in via di scissione. Voleva riprodurre se stessa, una cellula analoga che vestisse i panni di donna.

Questa storia Magdalena la sapeva. Nelle notti irrequiete l'aveva sognata. Una cellula che si sdoppia. Una mora di sangue che viene tagliata da un bisturi e Magdalena si svegliava urlando, solo un incubo e niente più.

Ora era lì reale all'estremo, pareva una rivelazione.

"Ho visto un Papa scendere dall'auto e baciare uno storpio mentre la telecamera seguiva ogni suo gesto, l'ho visto e il mio cervello non vuole più pensare, il cuore non batte, ho la morte dentro. Ho visto un pastore nel buio della città guidare un gregge di uomini pecora e condurli in un cielo che colava pece." Continuava a ripetere questo incubo, ma lo raccontava come avesse finalmente visto la realtà.

La pioggia radioattiva cadeva sul porto, il livore dell'ematoma si feriva di gocce arcobaleno. Il buio della notte era violato. Era manna? Era veleno? Inquinamento, urlavano. Miracolo, rispondevano. Alle porte della città si avvicinava la processione. Risate e musica, profumo di spiedo, allegri cantici di spensierato pensiero positivo.

Viva la vita e i colori chiari, pastello che sia tenue o acceso, verde di prato, azzurro d'oppio.

Il buio della notte si contraeva, era una creatura aliena che si arrendeva, era ormai sull'ultima torre circondato dalla pioggia infelice di gocce acide-esilaranti.

Dentro di lui Pauline, morta prima del parto, al confine tra la luce abbacinante e la culla della notte; dove il grigio del tempo quotidiano fuma indeciso e timido.

Magdalena è immobile, in terapia intensiva, entrata e uscita in queste giornate, sempre in punta di piedi, senza mai far rumore.

Di fianco a lei, nonna Ade.

Le racconta di quando aveva incontrato l'amore, di quando lui le aveva dato un appuntamento sotto la Tour Eiffel, di quanto lei l'avesse amato, pur vivendo accanto a un uomo diverso.

Il marito la voleva bambola di casa e lei l'aveva accontentato, perché no? Era ricco, le chiedeva unghie laccate e relazioni pubbliche, le chiedeva di essere molto, molto per bene-

"Perché no?!"

Lei aveva il cuore diviso fra l'amore sognato e i sogni notturni.

Glielo assicurava, mentre la povera Magdalena ancora respirava.

"Mi sono sempre chiesta come potesse fare il mestiere" era chiaro che la cosa la intrigava.

Nonna Ade guarda l'orologio, sono le sette di sera.

Fa cenno all'infermiera.

"Torno domani"

Per gentile concessione Magdalena può morire in pace. Un'ora dopo l'elettroencefalogramma è piatto.

In silenzio se ne va, com'è venuta.

Nonna Ade nel frattempo accende la tele e si guarda un buon vecchio film d'amore. Per sognare, come sempre.

Quando è nel letto intorno a mezzanotte però, si gira e si rigira, la disturba una domanda

"Ma chi è la madre di Magdalena?"

Sogni d'oro nonna Ade, sogna e pensa che la vita sia tutta in una boccia di vetro, come quella in cui hai incontrato Magdalena.

Su una strada, in campagna, camminavi lungo un fosso, fiancheggiato da cespugli polverosi, brutti, spinose e disordinati, qualche grappolo di more scendeva, anch'esso polveroso, ma succulento. Nonna Ade aveva raccolto un frutto, per l'esattezza un'infruttescenza, come un gruppo di cellule che diventerà individuo. Nonna Ade addentava la più turgida e il suo vestito di lino bianco si macchiava di rosso. Il succo di mora, il sangue della vita. Corse a casa a cambiare il vestito, odiava le macchie.

Un vestito di lino bianco, le lenzuola bianche su un letto in una camera d'albergo dove Ade aveva passato la notte dopo un aborto clandestino, assistita da una vecchia zia, perché la madre non poteva sopportare l'idea.

La mora divenne morula e qualcuno o qualcosa spezzò le vite prima che potessero essere tali. A qui tempi l'avrebbero chiamata ragazza disonorata. A quei tempi era meglio abortire di nascosto, lontano da casa.

Una frase era rimasta impressa dentro di lei. La madre che al suo ritorno le rivelava col volto assorto e addolorato

"Tranquilla Ade, solo io potrò chiamarti puttana, per gli altri sarai sempre una figlia irreprensibile".

Ade si confezionò una vita sartoriale, agghindata, curata nei dettagli, eppure nonna Ade era morta dentro ancor prima delle figlie indesiderate.

Ora collezionava bocce di vetro e si perdeva, perdendo lo sguardo nell'osservarle. Era autoipnosi, riusciva a sentire i fiocchi di neve sulle labbra, riusciva a percepire il movimento dell'aria mentre si alzava un volo d'uccelli, entrava in un mondo privato, fermo a un'età che si affaccia alla vita.

Non sapeva se l'aveva uccisa un procurato aborto, ancor di più la frase della madre, la solitudine in cui l'aveva lasciata.

Era notte, la più buia, senza vento e lampi che pulsavano all'orizzonte. C'era attesa nella mancanza d'aria, girava turbamento, per le strade della città tranquilla, lievitava un evento che ancora era ignoto. Saliva come una schiuma, occupava la mente. Eppure nonna Ade dormiva. Il silenzio era totale, la finestra serrata, la porta chiusa a più mandate, l'antifurto inserito. Nonna Ade, vedova allegra e serena, dormiva.

Quanta pace si era conquistata alla fine. Quante coccole aveva dato a se stessa, quante coccole le aveva dato il marito che non amava. Una vita serena.

Ma esiste, una vita serena?

Nonna Ade iniziò a sognare dentro quello che accadeva fuori dalla sua casa protetta, sognava il buio che veleggiava fuori, sognava un pastore in cielo con un gregge di chimere: uomini-pecora, destinati a torture e morte.

A nonna Ade non piaceva quel sogno, ma non riusciva a svegliarsi, eppure ci provava con tutta la sua volontà.

È stato così che vide un'ombra passare, sotto la luce dei lampioni di una città minacciata dalla tempesta mentre un'ombra passava sotto casa, disegnata sul selciato dalla luce dei lampioni. Era silenziosa e intangibile com'è un'idea, ma saliva le scale come un essere vivente, arrivava al piano.

Apriva la porta.

Aveva le chiavi.

Come poteva avere le chiavi?

Era l'ombra di un pensiero. Era un corpo in movimento.

Coincidenza, il sogno si sovrapponeva alla vita.

La realtà si cibava del sogno.

Nonna Ade rimase prigioniera, schiacciata tra due masse in movimento. La gravità di entrambe funzionava come i poli opposti di un magnete.

Iniziò a piovere con violenza. Gocce pesanti, miste a grandine.

L'ombra si avvicinò al letto e la guardò a lungo. Aveva un coltello in mano.

Chi glielo aveva messo?

La lama luccicava in modo innaturale.

L'ombra la guardò ancora. Indecisa?

No, semplicemente non ne valeva la pena.

E Pauline se ne andò.

Il vento non tornava, la pioggia era un torrente.

Un fulmine squarciò la stanza - una spada, Pauline tornò sui suoi passi, mentre ricordava il sangue sul lenzuolo di fianco a lei, in una stanza d'albergo. Non era un ricordo fasullo,

quel sangue l'aveva visto prima di nascere, durante la sua condanna a morte. Era il sangue di sua madre.

Pugnalò l'inconsapevole nonna Ade durante un sonno tornato tranquillo. Estrasse il coltello e leccò il sangue. Conosceva quel gusto, se l'era sentito in bocca all'improvviso nelle notti buie, quando la pece colava dai muri. Era il sangue di Pauline e della madre.

Passarono giorni prima che i vicini si accorgessero della scomparsa di nonna Ade e fu necessario il richiamo disgustoso della decomposizione, la nausea che prendeva stomaco e cervello, che neppure il profumo di lavanda e di fiori assortiti riusciva a coprire . Anzi, lo esasperava, come il profumo di fiori macerati alle nebbie dell'autunno, in un cimitero qualunque, in un cimitero in capo al mondo.

Dove è segnato il confine fra la vita e la vita, fra la vita e la morte, fra l'infinito e l'individuo.

Una mora in una strada di campagna, forse fu questo l'ultimo flash della psiche di nonna Ade.

"Cosa succede a casa di Ade?"

La porta era aperta.

Aveva dimenticato di chiuderla?

Perché avevano pugnalato nonna Ade?

Era stata la tossica che viveva nello stesso condominio?

Quella morta di overdose nelle ore seguenti? Eppure non aveva rubato. I cassetti erano chiusi, tutto a posto.

Delirio da astinenza forse... ma perché nonna Ade?

Era così bella la vita di nonna Ade. Lei apriva un ombrello arcobaleno e tingeva d'azzurro le ante dell'armadio per foderare il buio. L'armadio era vuoto, gli scheletri dormivano tranquilli.

"Fermate il traffico, deve passare il gregge!"

Avanzavano uomini-pecora sotto l'occhio vigile dei cani pastore che correvano ai lati per conservare l'ordine.

Azzannavano le zampe d'ovino e il belato si trasformava in urlo umano.

Alle spalle, portata da quattro robusti frati dalle spalle curve, ondeggiava un baldacchino su cui troneggiava una figura di donna sacra.

Era la festa della grande puttana, alta e deforme, come dio comanda, la schiena curva, il fianco largo, la veste lunga colore del suo latte.

Intorno il coro delle vergini rifatte, dai volti sfatti e l'imene integro, modulava un canto in onore di frate Parulus, colui che le salvava ogni volta dal diventare meretrici con una sapiente e rapida operazione che ricostruiva la verginità perduta ad ogni rapporto.

Poco traffico in giro, pensava Pauline.

Delinquenti, spacciatori, ladri.

Auto della polizia che inseguono altre auto della polizia.

Una città imbrattata di pece, senza capo né coda. Capovolta e oscurata.

Sparatorie qua e là. Ormai era questa la realtà: una città buia.

Pauline teneva tra le mani la boccia di vetro, al centro la tour Eiffel. La fissava e si perdeva. La neve scendeva nella sfera di vetro, la neve scendeva oltre la finestra e iniziava a depositarsi sui tetti. L'aria era pulita. Una punta di grigio rigore accendeva la voglia di un fuoco in un camino.

Il livore dell'alba cui era abituata, sfumava, diventava lentamente leggenda.

Un fumetto con una donna stilizzata, appesa all'esterno, in un'edicola sul lungo Senna.

Pauline posò la sfera, si allontanò mentre si guardava intorno per capire dov'era, cos'era... accese una vecchia tele. Le immagini erano disturbate. Accettò l'idea di sedersi in poltrona, come la vecchia Ade. Pensò di prepararsi un tè, era stanca ma serena.

Aspettava di capirci qualcosa.

Guardava la boccia di vetro appoggiata su un tavolino semi - antico. Voleva riprenderla in mano e seguire la forma perfetta, rilassarsi.

Fuori, in pochi secondi, tutto era cambiato. Livido e violaceo il cielo. La gente urlava e il pastore guidava un gregge come se lo portasse al pascolo. Pauline afferrò la sfera.

Giusto in tempo perché la Tour le esplodesse fra le mani e la neve finta le coprisse le ginocchia.

Prima Di Tornare A Casa

Prima di tornare a casa... prima di tornare devo ricordare di ritirare la spesa.

Prima di tornare devo passare in posta.

E poi devo rintracciare una via, prima di tornare devo passare da mia madre e poi... poi lasciare in tintoria i pantaloni.

Prima di tornare devo pagare il conto del parrucchiere e poi passare dal commercialista.

Poi un salto al cimitero e prima i fiori, poi passare a prendere i miei figli, prima di tornare devo non dimenticarmi di tornare.

Perché voglio fare un giro tra i campi, voglio imboccare quella strada che avevo visto anni fa e non ho dimenticato. Voglio percorrerla e scoprire dove porta.

...E poi devo fare benzina.

Non so se riuscirò a fare tutto, la giornata è breve, poche ore... eppure devo.

Prima di tornare a casa voglio trovare quella strada.

Non era lontana da qui... lo ricordo.

Penso sia quella.

Sterrata, assolata e polverosa uguale alle foglie assetate che si piegano verso la traccia del suo percorso.

Fa caldo, l'aria brucia.

La luce uccide.

Fa caldo e io sono felice.

Avevo quattordici-quindici anni quando ho trovato questa strada?

Ora sono vicina e sto per imboccarla... ma non era questa.

No, forse l'altra.

Quella più avanti alla mia destra.

Ombreggiata fresca, con la luce invitante che filtra e disegna il terreno.

Eppure era sterrata. O asfaltata - e saliva, scendeva su e giù dai dossi come in un gioco.

Divertente da percorrere in auto, una strada da rally.

Prima di tornare a casa devo dimenticare questa strada.

Mi chiamano al cellulare.

"Si ritardo. Forse un'ora, forse due... ci vediamo per cena, se faccio in tempo"

Prima di tornare a casa devo tagliare l'erba e pulire la gabbia dei conigli, sistemare le galline... prima del tramonto quindi.

E poi mi devo raccontare la fiaba di una vecchiaia serena che trova pace e compone i rancori.

Il tramonto è d'arancio e la notte lontana.

Prima di arrivare a casa devo fermarmi a fare l'amore in un qualsiasi motel d'autostrada.

Dove la voglia è giovane e non si spegne.

Devo ricordare di viaggiare coast to coast negli States.

Devo bruciare chilometri di asfalto solitario come se fossi un uomo.

Devo vedere la mia pelle invecchiare di sole e di vita, devo esserne fiera come un vecchio saggio Navajo.

Forse è ora di tornare...

Ma non posso dimenticare di cercare quella strada, quella che ho registrata in memoria e non si cancella.

Portasse pure all'inferno, avvolta nelle fiamme.

Brucia la città in lontananza e la mia mente spinge sulla tangente che viaggia verso il cielo.

Torno a casa.

Un attimo ancora.

Voglio trovare dove mi sono nascosta.

Cascasse il cielo addosso alla terra.

Da qualche parte esisto.

Nella mia terra, sulle mie strade.

Prima di tornare a casa voglio scoprire terre nuove, fossero anche dietro l'angolo.

Forse sono più vicino a me stessa di quanto pensassi...

Ora inverto la marcia e torno.

Penso di avere dimenticato di passare dal commercialista e lasciare i pantaloni in tintoria.

Ci sarà un altro giorno per farlo.

Prima di tornare a casa devo camminare sul mio sentiero, sapere che ogni passo è un passo mio.

Cercarmi da vicino.

Respirare profondo e sentire la voce del silenzio che parla un linguaggio universale.

Prima di tornare devo evitare di domandarmi perché

"Perché devo tornare?"

Posso staccare i miei passi dal suolo, posso chiedermi se levitare è follia o è solo una possibilità che non conoscevo.

Posso continuare a camminare fra l'aria e la terra, con la testa appoggiata alle spalle e i piedi stanchi.

Posso fermarmi sulla riva del fiume e chiedermi dov'è la casa di quel fiume... senza timore di essere banale.

Devo tornare a casa insieme all'acqua del fiume.

P.S.:

È stato il vento a guidarmi, era forte e strappava dalla terra. Uomini, oggetti, vegetazione. È stato un vento violento che ha interrotto la rete virtuale in tutto il mondo. Ho guardato le tegole volare verso un posto sconosciuto e gli alberi sbattere l'anima contro l'infinito. A quel punto ho capito il senso della mia ricerca disperata di un karma. È come se mi fosse stato rivelato un segreto. Ma è tardi, troppo, per raccontarvelo. Manca il tempo.

INDICE